O Misterioso Caso da Royal Street

e outras histórias

Gerente editorial
Roger Conovalov

Projeto Gráfico
Lura Editorial

Diagramação
Juliana Blanco

Revisão
Sheila Mendonça
Mitiyo S. Murayama

Capa
Lura Editorial

Primeira Edição.

Lura Editorial - 2020.
Rua Manoel Coelho, 500. Sala 710
São Caetano do Sul, SP – CEP 09510-111
Tel: (11) 4318-4605
Site: www. luraeditorial. com. br
E-mail: contato@luraeditorial. com. br

Catalogação na Fonte do Departamento Nacional do Livro
(Fundação Biblioteca Nacional, Brasil)

O misterioso caso da Royal Street e outras histórias /
Lura Editorial – 1a Edição – São Paulo, 2020.
Organizador Marcelo Felix
256 p.

ISBN: 978-65-86626-22-3

1. Ficção 2. Policial 3. Antologia I. Título.
CDD 616.35

---

www. luraeditorial. com.br

O Misterioso Caso da Royal Street

e outras histórias

Organizado por

MARCELO FELIX

lura
EDITORIAL

"HOLMES PULLED OUT HIS WATCH."

Uma homenagem aos personagens clássicos criados por Sir Arthur Conan Doyle. Na imagem acima, vemos Dr. Watson (esquerda), o narrador das histórias policiais, e o memorável detetive Sherlock Holmes (direita).

[Ilustração original de Sidney Paget, *Strand Magazine*, 1892]

Elementar, meu caro Watson.
— Sherlock Holmes

SUMÁRIO

INTRODUÇÃO

QUANDO ERA CRIANÇA, adorava a magia do faz de conta que existia nas histórias, nos desenhos e filmes. Um mundo fictício de dragões, vampiros e lobisomens, deuses e monstros, tudo ao alcance das mãos e dos olhos. E como toda criança curiosa, eu queria descobrir como as coisas funcionavam, os seus porquês, encontrar a verdade por trás das aparências. Foi quando encontrei um novo conceito de história em que os personagens não tinham que enfrentar monstros mitológicos nem viverem dentro de um conto dos irmãos Grimm. Eram histórias em que os *mocinhos* desvendavam as interrogações, e o maior vilão era o próprio ser humano. Eu achei aquilo simplesmente incrível! Eu ainda não sabia, mas naquele momento havia descoberto o *romance policial* e toda aventura e mistério que *ele* poderia oferecer.

Passei a adorar aquele tipo de livro. Li muitos romances do gênero e não demorou muito para que tivesse meu primeiro contato com um certo detetive londrino chamado *Sherlock Holmes* e seu inseparável amigo e médico, *Dr. Watson*. Atualmente, Sherlock Holmes é mundialmente famoso, com inúmeras adaptações para o cinema, teatro e televisão (ele também ganhou uma série produzida pela britânica BBC chamada *Sherlock*). Sua casa continua em Londres na 221B, e algumas pessoas acreditam que ele viveu realmente — *enquanto outras têm certeza disso.*

Sem dúvida, os contos e romances de Sir Arthur Conan Doyle tiveram uma grande importância na formação de muitos leitores e escritores por todo o mundo. Aliás, como não se encantar com a ciência da dedução? Deduzir grandiosidades a partir de pequenas coisas: botões, pegadas, digitais... Confesso que enquanto lia os livros pela primeira vez, o poder da dedução e da investigação me atingiu de tal maneira que era impossível não querer criar minhas próprias histórias a partir dali. E assim comecei a escrever. Primeiro, escrevendo o gênero policial (*Martyn, o Detetive,* por exemplo), depois migrando para outros tipos de narrativas, ansiando um dia ser um contador de histórias.

Tenho orgulho em dizer que este livro que você tem em mãos é o melhor do romance investigativos nacional, contendo a classe, o mistério e os crimes bem elaborados com finais surpreendentes dos bons romances policiais. Esta é a nossa homenagem ao gênero policial, e é um presente para seus leitores e amantes mais assíduos. Tudo isto graças aos mais de vinte autores selecionados por todo o país para compor esta antologia. Este grande time de escritores com maestria nos presenteou com sua imaginação, nos entregando histórias inéditas que nos fazem querer descobrir qual é o verdadeiro culpado por trás de cada crime. Neste livro, você encontrará o próprio Sherlock Holmes sendo protagonista em alguns contos e em outros seremos apresentados a novos(as) investigadores(as) tão promissores(as) quanto o próprio Holmes. Vamos investigar casos envolvendo roubos grandiosos, assassinatos entre familiares, sequestros misteriosos, casos com pessoas mundialmente famosas, e até mesmo a morte do próprio detetive homenageado.

Sabendo disso, eu te aconselho a sentar-se numa poltrona confortável, pegar uma xícara de café (ou chá), e preparar sua mente para desvendar os mistérios que estão escondidos nas páginas a seguir. E lembre-se:

"O mundo está cheio de coisas óbvias que ninguém jamais observa."

Marcelo Felix
Agosto de 2020

O MISTERIOSO CASO DA ROYAL STREET

POR MARCELO FELIX

Os fatos que irei narrar a seguir ocorreram no ano de 1995, em março, para ser mais exato, e trata-se do caso mais peculiar em que eu tive a graça de trabalhar. Lembro que havia dormido bastante tarde na noite anterior por causa de uma corrida que havia feito por volta de meia-noite e uma da manhã, e por isso estava exausto. Este foi o motivo de ser surpreendido pelo barulho irritante do telefone às nove da manhã daquela segunda-feira. Geralmente sou um homem muito disposto e matutino, mas como disse, a noite turbulenta me rendeu um cansaço e tanto; digamos que um cansaço muito fora do comum para qualquer outra pessoa da rua onde moro. Bom, também tenho que dizer que essas corridas muitas vezes são frequentes em meu trabalho, e antes que esteja pensando que sou algum tipo de competidor ou atleta, tenho que dizer que você está muito enganado. Eu sou detetive, um detetive particular. Ou melhor, um detetive particular que correu por mais de quarenta minutos atrás de Robin Foster, o grande ladrão de joias da loja Pence. Bom, agora o caso já está resolvido, e Foster foi encaminhado a uma colônia de férias de no mínimo 47 anos na melhor cadeia de segurança máxima do Reino Unido.

Como eu ia dizendo, recebi a ligação por volta das nove da manhã e não estava nem um pouco disposto a atendê-la, porém, como sei que muitas vezes me procuram por ser a única solução da cidade — *algumas vezes do país* —, eu atendi. Sei, eu também poderia ser mais modesto e humilde quanto a isso, mas, depois de tantos anos no ramo policial, descobri que os homens de fardas não o são, e eu acabei aprendendo com eles. Quando resolvo um caso, gosto do meu mérito, e quando os policiais do departamento resolvem, eles têm o deles. No entanto, quando a polícia não consegue resolver o problema, eles me chamam e eu os resolvo. Mesmo que no jornal *The Guardian* é a foto dos policiais que estará estampando as capas e tendo grandes manchetes. Mesmo assim eu fico contente quando a vejo, pois lá no fundo eu recebo o meu mérito simplesmente por saber que os policiais sempre precisarão de mim.

Bem, quanto à ligação que me despertara, lembro que era o convite para mais um caso em particular, porém, o convite desta vez não veio por parte da polícia, nem mesmo pelo Sargento M.P Gregory, como costumava acontecer. Para minha felicidade, do outro lado da linha, havia uma linda voz suave e delicada, de uma mulher de seus vinte e poucos anos, eu suponho. Ela me chamou pelo nome — *o qual ao menos por enquanto eu prefiro manter anônimo* — e depois me apresentou todo um relato de sua vida a fim de pedir meus conselhos. Ela se apresentou como Ellie Falcon (lembro deste sobrenome muito bem, e digo com total certeza que boa parte de Londres também se lembra). Afinal de contas, todos ouviriam falar bastante sobre o caso que ficaria conhecido como "O caso da Rua Royal Street", naqueles próximos meses.

— Bom dia, minha cara — eu disse, pulando da cama enquanto segurava o telefone bem preso ao ouvido. — Em que meus serviços lhe podem ser úteis?

— Bom — começou a moça, com uma voz oscilante do outro lado da linha, como se estivesse prestes a chorar —, me indicaram o senhor como o melhor detetive do país — ela disse —, e como já não sei mais a quem recorrer, acredito que é o único que pode me ajudar...

— Fique tranquila que farei o meu melhor — eu respondi, ainda esfregando os olhos.

Ela suspirou ao ouvir minha voz firme e cheia de determinação. Decididamente não parecia pertencer a um homem que nem sequer tinha lavado o rosto.

— Mas a senhora poderia me adiantar alguma coisa?

— Pago muito bem, se é o que o senhor está querendo dizer.

— Não, não — eu sorri. — Não é nada disso, Sra. Falcon, eu me refiro ao conflito. Sempre gosto de saber em que estou me metendo. Assassinato, sequestro, roubo? É como eu sempre digo: é bom levar agasalho quando se está indo para lugares frios, se é que me entende...

— Oh, mil perdões, senhor — desculpou-se, ficando meio sem graça. — E compreendo perfeitamente sua indagação. Bom, para responder sua pergunta, acredito que os climas não poderiam ser piores por aqui.

— Ora, e por que diz isso?

— Acho que o que está acontecendo em minha vida são todos os crimes. Todos os que o senhor citou, e tenho medo que apareçam outros...

Eu não estava esperando por aquilo. Não às nove da manhã de uma segunda-feira. No entanto, como adoro casos complexos e enigmáticos, um apanhado de crimes seria perfeito para testar meus conhecimentos e tentar recuperar o ânimo depois de uma ressaca policial, como fora a corrida na madrugada.

— Ora, Srta. Falcon — eu retomei, tranquilamente —, e como uma vida no campo poderia ser tão prejudicial à saúde assim? Viver na antiga Fazenda Oasis Waterloo era para tranquilizá-la, não acha? Ou preferia continuar vivendo no coração da grande e velha Edimburgo?

— Sei que não deveria estar assim — ela disse —, mas quando eu...

Neste momento, houve uma pausa do outro lado da linha, a qual eu aguardei com grande deleite; e então pude ouvir a voz de minha futura cliente retornar carregada de admiração.

— Por Deus? Como o senhor sabe onde moro?

Mesmo ela estando a muitos quilômetros de mim, era como se eu pudesse ver seus olhos arregalados.

— Não me assuste desta maneira, senhor, as coisas já estão ruins o suficiente para mim...

— Ah, acho que é minha vez de pedir desculpas — eu disse, num tom totalmente descontraído —, mas tudo isso é muito simples, senhorita. Talvez ficasse ainda mais assustada se eu dissesse que a senhorita está diante da janela admirando o quintal.

— Oh, como você é capaz disso?! — berrou a voz, novamente cheia de espanto.

— Sei dessas coisas simplesmente porque tenho uma ótima audição. Suponho que more no campo porque acabei de escutar o som de pássaros, muitos pássaros, o qual sei que não são seus de estimação. Os seus são, sem dúvida, um *robin* e um *magpie*, que é também considerado um dos animais mais inteligentes do planeta, um dos poucos capazes de se reconhecer no espelho. Bem, pela altura do canto deles, sei que eles estão *aí* perto da senhorita. Escutei também um som como se fosse uma hélice enferrujada, o que eu tenho que confessar me custou bons minutos para descobrir o que era. Até que me lembrei: um velho catavento, certo? Não existem muitos desses na cidade. Não com esse característico som ritmado. Ótima audição... — eu disse.

— Isso... Isso mesmo — sussurrou Ellie Falcon, começando a sorrir de minha narração. *Elas logicamente perdem a graça quando são explicadas.* — Mas como sabe que estou vendo o quintal da janela, senhor?

— Bem, dá para ouvir o vento forte, o que é motivo de os pássaros estarem muito agitados e a hélice do cata-vento estar desgovernada, talvez se aproxime um temporal... Bom, eu consideraria esta hipótese — eu disse, sem muita animação. — Porém, o que me fez crer que a senhorita está dentro de casa é que está ventando muito, mas não tem quase nenhum ruído do vento na ligação. O que seria impossível de acontecer se estivesse do lado de fora de casa, e se estivesse do lado de dentro com a janela fechada eu não ouviria o cata-vento enferrujado nem os pássaros. Simples assim!

Neste momento, eu pude ouvir uma enorme gargalhada vindo do outro lado da linha.

— O senhor é mesmo incrível! E sem dúvida soube que sou de Edimburgo por causa do forte sotaque, não é?

— Com certeza a parte mais fácil — eu disse, acompanhando-a no sorriso. — O que me leva a crer que você morou boa parte de sua vida lá e ainda tem família e amigos na cidade, eu suponho...

Como uma vela que se apaga com apenas um sopro, a risada da mulher desapareceu do telefone. Quando sua voz tornou a aparecer, estava séria e muito triste.

— É realmente sobre os amigos de lá que gostaria de tratar com o senhor — disse ela, pausadamente. — Vou lhe contar tudo e, se quiser perguntar algo, por favor, sinta-se à vontade para me interromper.

Ela estava sendo bastante gentil, e eu concordei sentindo-me mais aliviado pelas possíveis interrupções.

— Bom, todo o terror começou há pouco mais de seis meses, mas a história começa muito antes disso. Há cinco anos, eu me mudei de Edimburgo e vim pra cá. Queria tentar novos ares e começar uma vida diferente da que estava levando até então, mas as coisas saíram ainda melhores do que eu imaginava.

Assim que cheguei, fui trabalhar numa papelaria onde acabei conhecendo meu marido, Arthur L. Falcon. Ele sempre ia a essa papelaria comprar ferramentas de trabalho. Ele é restaurador de quadros, um dos artistas mais talentosos que conheço, eu preciso dizer. Quase não se dá para ver diferença entre o que é original e o que é restauração. Sem contar que é um homem extremamente atencioso e prestativo. É verdade que ele tinha uma ótima condição financeira quando nos conhecemos, mas Deus é testemunha que não me aproximei dele por causa disso, sou uma mulher de princípios e tenho meus valores.

"Como disse, Arthur comprava muitas tintas, telas e pincéis. Comprava mais do que qualquer pintor ou restaurador de quadros poderia precisar, o que era engraçado na época. Quando não era isso, ia até a papelaria para encomendar materiais, os quais eu fazia questão de mandar uma nota para nossos fornecedores e lhe entregava as encomendas pessoalmente assim que elas chegavam. Não é novidade para ninguém que, nestas idas e vindas à papelaria, nós fomos nos conhecendo e acabamos namorando. A ótima convivência nos rendeu um amor dos mais bonitos, repleto de respeito, diálogo e, acima de tudo, confiança. Assim, há um pouco mais de dois anos nos casamos e vivemos muito felizes num pequeno sítio ao sul da cidade, a antiga Fazenda Oasis Waterloo, que hoje recebe o sobrenome de meu marido. Todos a conhecem por Sítio dos Falcon. Lembro que às vezes muitas pessoas colocavam empecilho em nosso relacionamento principalmente por causa da nossa diferença de idade. Arthur é sete anos mais velho que eu, mas nós nos amamos e desde o início não vemos problema algum quanto a isso.

"Na casa, moramos somente eu e Arthur, mas sempre temos a companhia de Joseph, o jardineiro. Ele é um grande amigo de meu marido, desde os tempos do colégio, e são muito fiéis um ao outro, o que também é um lindo relacionamento de amizade e confiança para se presenciar. Bom, mas nem tudo são flores e eu tenho que confessar que desde que nos casamos, já passamos por alguns problemas financeiros, alguns mais sérios, outros nem tanto, mas é importante dizer que nunca deixamos de apoiar um ao outro nessas situações, o que sempre é maravilhoso. Desse modo, sempre conseguimos vencer os obstáculos. Porém, não contávamos com um que acabaria destruindo nossa vida feliz.

"Há pouco mais de seis meses, quando as coisas estavam ruins e Arthur não ganhava quase nenhum dinheiro com os quadros, eu me coloquei a trabalhar em dois horários. Ficava na papelaria durante o dia e à noite tomava conta da Sra. Elsie, uma velhinha extremamente simpática que mora a algumas horas de caminhada aqui de casa. A Sra. Elsie paga muito bem, de modo que o salário é muito melhor à noite do que ao dia. Assim, como estava sendo muito cansativo para mim, saí da papelaria para me dedicar à Sra. Elsie em tempo integral. Então, em uma noite, enquanto eu voltava para casa, notei algo muito estranho. Havia, a alguns metros de distância, um homem com um casaco preto e um chapéu escuro, parado entre os arbustos que ligam a esquina da Rua Upper Marsh com a Royal Street, por onde sempre passo para ir embora. Mesmo com medo, eu não dei muita atenção e continuei caminhando, foi quando este estranho começou a andar também. Ele me seguiu por um bom pedaço e, quando cheguei aos arredores de casa, encontrei Arthur e lhe contei tudo o que havia acontecido. E o mais estranho é que não havia nenhum rastro do homem por todo o quarteirão.

"Para piorar ainda mais as coisas, no dia seguinte recebi uma carta que revelava a identidade desse homem misterioso. A carta havia sido enviada por Charles P. Rigone, um pretendente muito insistente que eu tinha na minha antiga cidade. Na carta, ele dizia que há um tempo estava trabalhando para uma empresa de materiais de escritórios e acessórios em geral, e para minha infelicidade era a mesma que fornecia os materiais para a papelaria em que eu trabalhava. Charles disse que tinha visto minha assinatura em alguns pedidos da empresa e quis saber se era a 'Ellie dele' que os estava enviando, e por isso havia vindo me ver."

— E seu marido, Sra. Falcon? — eu a interrompi pela primeira vez. — Ele tomou conhecimento dessa carta?

— Eu acredito que não, e prefiro que continue assim, senhor. Ele não é um homem muito ciumento, mas tenho certeza que não gostaria de saber que eu estava recebendo correspondência de um antigo pretendente. Ainda mais, um que escrevesse "minha Ellie".

— É evidente que não, mas, por favor, continue...

— Bem, é verdade, eu destruí a carta no momento em que a li, mas guardei o envelope para mandar a resposta para Charles, dizendo que se afastasse de mim e de minha família, pois o que havia acontecido entre nós era passado, não existia mais.

— E a senhora fez isso?

— Sim — disse a mulher, como se estivesse se preparando para me contar um grande mistério. Sem dúvida, o que havia motivado aquela ligação. — Depois que a carta foi enviada — continuou ela —, eu procurei o envelope para queimar, mas não o encontrei. Bom, depois disso, tudo que era para terminar ali, só aumentou em proporção e perigo. No dia em que mandei a carta para Charles, fui e voltei do trabalho normalmente, sem ter ninguém me seguindo, porém, no dia seguinte lá estava o homem novamente na Royal Street. Ele me olhava de longe por entre a névoa, sempre distante, com seu casaco preto e chapéu escuro, cobrindo muito de seu rosto. Ele também não me chamava, nem acelerava os passos enquanto eu voltava para casa. Aquilo já estava me deixando louca. Na verdade, deixando todos loucos lá em casa. Tive algumas conversas com Arthur ele insistia para que eu deixasse esse trabalho de lado e ficasse em casa com ele, na segurança de nosso lar, mas eu nunca fui de fugir dos meus problemas, e por outro lado, conhecia muito bem o mimado do Charles, sabia que ele não tinha coragem de fazer nada comigo. No entanto, acho que eu estava enganada...

— O que houve, Sra. Falcon? — eu perguntei totalmente excitado com aquela narrativa, enquanto usava pela segunda vez a carta branca que havia recebido de interrompê-la. Antes mesmo que a Sra. Falcon me respondesse, eu continuei: — O tal sujeito a atacou?

— Não, mas ele continuou a insistir para que nós ficássemos juntos. E depois de um tempo, começou a me ameaçar. Mandava cartas falando que se eu continuasse passeando à noite, jogando na cara dele que eu estava bem com a "vidinha" que estava levando, ele me sequestraria ou faria coisa pior comigo. Dizia que eu tinha que "ser" dele e de mais ninguém.

— A senhora e o Sr. Falcon certamente procuraram a polícia, correto?

— Sim, mas não resolveu muito — disse ela, e eu sorri sem muita surpresa. — Demos todas as características possíveis, fizemos até um retrato falado de Charles com a ajuda do talento de Arthur, mas a polícia não achou nem sinal do homem. Nem mesmo no endereço do envelope que eu disse ter enviado a carta. E tudo piorou depois do disparo e do sequestro...

— Sinto muito, mas... Disparo? Sequestro?

— Era exatamente isso que queria lhe dizer. Em uma noite, quando eu já estava cansada de tudo aquilo e voltava da casa de Sra. Elsie, Charles novamente apareceu nos arbustos da bendita rua. Estava escuro e, mesmo não vendo seu rosto, vi ele se aproximar. De repente, ele puxou uma faca do cós da calça e notei o brilho da lâmina iluminar os meus olhos, então retirei da bolsa o revólver de meu marido que tinha pegado escondido e atirei contra o desgraçado!

— E a senhora o matou?! — eu perguntei, rapidamente, mesmo sabendo que tudo não seria tão fácil assim.

— Não, porque nunca atirei na minha vida — ela disse, sem nem uma gota de remorso. — Eu estava tremendo demais e por isso acho que a bala acabou atingindo o seu abdômen, pois em seguida o vi pressionar com a mão esquerda alguns centímetros abaixo do peito direito, pouco antes de cair no chão. Eu ainda estava longe de casa quando fiz o disparo e assim, desesperada, comecei a ligar inúmeras vezes para meu marido, para que ele viesse me buscar o quanto antes, mas ninguém atendeu. Eu já estava quase em estado de choque, nunca tinha feito nada daquele jeito em toda a minha vida. E, para minha infelicidade, quando cheguei em casa encontrei o meu quarto todo revirado e um bilhete dizendo que o meu amado Arthur havia sido sequestrado.

— E o jardineiro? Ele não estava em casa? — indaguei, quase como num reflexo.

— Quando eu saí de casa, sim, mas não quando voltei. O que era absolutamente normal, pois Joseph sempre sai às 17h da tarde.

A Sra. Ellie Falcon hesitou por alguns segundos.

— O estranho é que ele só voltou a trabalhar depois de um dia do acontecido. Eu não sei se Joseph tinha comunicado ao meu marido que iria se ausentar, mas também não toquei no assunto depois que ele retornou. Essa é toda a história, senhor. Por todos os anjos, o senhor tem algum conselho para mim? O que eu faço daqui pra frente?

É verdade que tinha muitas teorias formuladas e muito material para começar a investigar, mesmo assim eu teria que ver com meus próprios olhos toda a casa e refazer os passos que minha cliente dizia fazer todas as noites vindo pela Royal Street. Por isso, disse a ela que meu maior conselho era que continuasse vivendo normalmente, como se nada tivesse acontecido. Que tentasse fazer isto ao menos por uma semana. Por fim, dei minha palavra que no domingo nós nos encontraríamos em sua casa, e até lá eu já teria algo mais concreto para apresentar. No entanto, no sábado mesmo, enquanto tomava meu café da manhã, fui surpreendido pelo jornal, que me desconstruiu totalmente, fazendo afundar todas as teorias que tinha até aquele momento. Na primeira página, havia uma grande manchete que dizia: *POSSÍVEL CORPO DO FAMOSO RESTAURADOR, ARTHUR L. FALCON É ENCONTRADO ÀS MARGENS DO TÂMISA.*

O mais estranho eram as condições em que o corpo havia sido encontrado. Estava com o rosto terrivelmente deformado, como se tivesse sido atingido por algo muito pesado, e todos os seus dedos haviam sido cortados. Assim que vi isto no jornal, liguei para a Sra. Falcon para saber como ela estava. E, quando ela atendeu, vi que estava realmente abalada, mas aliviada ao mesmo tempo, pois havia acabado de fazer o reconhecimento do corpo, e afirmara com toda a certeza que aquele nunca fora seu amado Arthur. Ela sabia disso porque o marido tinha uma grande mancha de nascença no ombro e o cadáver, não. Diante disso, antecipei minha visita à casa dela para aquele mesmo dia. Primeiro fui a alguns lugares que precisavam de minha atenção e às cinco da tarde eu estava diante do Oasis Waterloo, o sítio dos Falcon.

Um homem robusto, com uma pele bronzeada e uma barba por fazer, veio me atender, disse que a patroa estava me esperando e me conduziu até a sala de estar. Pelas roupas do homem e as ferramentas que trazia nas mãos, eu reconheci que era o tal jardineiro, então mais uma teoria me clareou a mente, uma teoria que não era nem um pouco amigável a minha cliente. Quando encontrei a Sra. Ellie Falcon pessoalmente, vi o porquê de a idade nunca ser motivo para que o pobre Arthur se separasse dela. Ellie era uma típica donzela, linda, de cabelos ondulados muito sedosos e uma pele imaculada. Ela me recebeu muito bem, e antes mesmo que começássemos a conversar, fiz a burrice de esbarrar em um porta-retrato da família que estava em uma mesinha no canto, o qual logo veio parar no chão. Joseph, o jardineiro, ainda não havia se retirado, e em meio aos meus "mil perdões", ele se abaixou e apanhou o objeto. Depois o recolocou no lugar, se despediu e foi embora, enquanto eu fiquei lá totalmente sem graça por causa das minhas atrapalhadas.

Assim que o jardineiro nos deixou, a Sra. Falcon me convidou a ir até a oficina do marido para que pudéssemos conversar mais à vontade.

— Me desculpe por ter trazido o senhor aqui — ela começou, ainda muito abalada —, este é o único lugar em que teremos mais privacidade. Pois às vezes Joseph volta para apanhar alguma ferramenta que acabou esquecendo para trás, e não quero que ele nos encontre conversando na sala.

— Logicamente — eu respondi —, mas existe algo especial que queira me contar, Sra. Falcon? — perguntei, enquanto ela fechava a porta.

— Na verdade, sim. Desde que Arthur desapareceu, Joseph tem agido muito esquisito. Ele sempre foi um bom rapaz e sempre uni a confiança de meu marido a minha a respeito dele. Mas, ultimamente, ele está saindo do trabalho sem avisar, não diz aonde vai e se mostra muito desconfiado. Ontem o segui e descobri aonde ele está indo às escondidas. Eu o encontrei dentro da...

— ...farmácia — completei, enquanto ela arregalava os olhos castanhos, da mesma forma com que eu havia imaginado na nossa primeira ligação. — Sei disso porque eu também o segui. Como disse à senhora, deixei que agisse naturalmente durante a semana, mas eu mesmo estava trabalhando.

— Fico muito tranquila em saber disso, senhor — disse a Sra. Falcon, aproximando-se ainda mais de mim, como se fosse me contar um segredo —, mas isso não é tudo — sussurrou. —

Joseph também está muito estranho comigo. Tem olhado pra mim com muita frequência, e agiu ainda pior hoje pela manhã, depois que viemos do necrotério. Na volta, enquanto eu chorava, ele me abraçou, mostrou seus sentimentos tanto por mim quanto pelo amigo, até que ele... ele me beijou!

Antes de falar alguma coisa, eu retirei meu bloquinho de anotações do bolso, e por um momento me pareceu que estávamos sendo observados. Pensei ter visto um vulto na claraboia que existia num canto superior do cômodo onde estávamos, mas eu não vi nenhuma pessoa realmente. Depois anotei cada palavra dita pela Sra. Falcon com um sorriso no canto da boca. Como eu imaginava desde o início, Joseph era um *aproveitador* de donzelas.

— E, diante disto, o que a senhora fez? — eu perguntei, terminando de anotar.

— Ora, eu o repreendi com todas as palavras possíveis e hoje mesmo o mandei embora. Ele está demitido, hoje foi seu último dia — disse ela, dando ênfase em cada palavra. — Como disse, sou uma moça direita, senhor, e sou casada, não quero saber deste cafajeste por aqui nunca mais.

— Sem dúvida uma sábia decisão — eu disse, me levantando. — Bom, eu precisaria ver o caminho em que a senhora volta para casa, mas já o fiz ao vir para cá. Também gostaria de ver os quadros restaurados pelo seu marido e também já os estou vendo. Arthur L. Falcon é realmente muito bom em restauração e tem muitos quadros com seu rosto aqui na oficina, o que mostra que ele é um ótimo pintor também. Seu marido realmente a ama, Sra. Falcon, e farei o possível para trazer a paz para seu coração.

— Por favor, traga meu marido de volta — ela me implorou, com os olhos cheios de lágrimas. — Encontre-o por tudo o que é mais sagrado!

Eu acenei com a cabeça e ela continuou olhando para os quadros, que tinham sua bela face representada. Novamente eu sorri, depois peguei tudo o que tinha escrito até aquele momento e rabisquei cada frase. Então fui até a porta.

— Acho que já terminamos por aqui — eu informei, abrindo a porta da oficina. — E fique tranquila, Sra. Falcon, que este caso estará resolvido o quanto antes...

Eu, porém, não sabia que esse "o quanto antes" se tratava de alguns minutos apenas, pois assim que terminamos a conversa a anfitriã me acompanhou até a saída. O crepúsculo já estava chegando, e o céu já havia nos coberto com seu manto de escuridão e névoa quando, de repente, nós vimos alguém se aproximar rastejando pela beira da rua. Eu então levei as mãos à arma que sempre carrego comigo, mas não cheguei a retirá-la de verdade. E graças aos céus que não o fiz, pois assim que o homem misterioso caiu na parte iluminada da rua nós vimos de quem se tratava. O homem que vinha era Arthur L. Falcon em carne e osso!

Ele estava muito fraco, certamente havia sido muito maltratado pelo estranho de casaco preto. Ellie, como que num impulso, correu até o marido chorando e abraçando-o o tanto quanto podia, enquanto eu ficava de pé assistindo àquele reencontro extremamente comovente. Assim que me aproximei, consegui escutar um fraco "eu consegui escapar, minha querida", vindo do famoso restaurador. Depois disso, muitos "eu te amo" foram ouvidos à medida que uma brisa passou por entre os arbustos que ladeavam a rua.

Com minha ajuda e de sua esposa, Arthur se levantou e para nossa surpresa vimos que havia mais alguém parado por entre as sombras do lugar. Era o homem de casaco preto e chapéu escuro. Quando os nossos olhares recaíram sobre ele, o estranho puxou uma arma que brilhou em nossa direção, depois deu alguns passos hesitantes para se aproximar e apontou o cano do revólver direto para o peito do restaurador.

— Não faça isso, Charles! — gritou Ellie Falcon, deixando o marido aos meus cuidados e agitando as mãos em direção ao antigo pretendente. — Se for matar meu querido Arthur, terá que me matar primeiro, porque eu sou inteiramente dele! E de mais ninguém!

Tudo foi muito rápido e preciso. Apenas senti que minha arma havia sido retirada da minha cintura e no instante seguinte um grande estalido ecoou por entre a noite. Lentamente, o estranho de casaco preto caiu inerte no chão, enquanto Arthur L. Falcon mantinha minha arma erguida, ainda exalando fumaça. Agora, um silêncio gélido tinha substituído as gritarias de segundos atrás, então a Royal Street se calou.

Eu tomei a arma e olhei com firmeza para o marido de Ellie, depois fomos juntos até o corpo do misterioso homem. Assim que retiramos seu chapéu e o arrastamos para a luz, vimos que quem estava ali no chão, morto, não era Charles P. Rigone, o antigo pretendente de minha cliente, e sim Joseph, o jardineiro. Aquilo foi um choque para todos que estavam ali. Ou, quase isto. Aquele era o fim do homem de casaco preto.

A polícia não demorou a aparecer e junto do meu "tão amado amigo", o Sargento M.P. Gregory, foi iniciado um simples interrogatório na própria sala do sítio dos Falcon. Lá, o sargento deixou que o sequestrado contasse como tudo havia acontecido, enquanto eu, ainda afundado em pensamentos, ficava passeando pela sala com os braços para trás.

— Eu queria ter tempo para te contar — sussurrou Arthur, voltando-se para a esposa —, mas no dia do sequestro tudo foi muito rápido e não pude te avisar ou ao menos deixar uma mensagem. Naquele dia, descobri que Joseph sempre fora apaixonado por você, minha querida. E ele era a última pessoa no mundo que eu pensaria em traição. Acredito que ele se aproveitou de suas idas e vindas à noite para atacá-la, já que não poderia fazer isso durante o dia.

— Mas isso não faz sentido — disse a esposa, tendo mil coisas passando pela cabeça. — As cartas não eram do Charles? Eu tenho certeza, eu conheço a letra dele! Como isso é possível?

Arthur então disse:

— Você não estava dando muita atenção, ou desacreditava da capacidade de Joseph atacar — continuou o homem, bastante debilitado —, então ele me sequestrou e tentou fazer o mesmo com você. Ele queria você só pra ele, nossa amizade sempre fora uma farsa. Maldito!

— Vendo dessa maneira, é por isso que ele não estava em casa quando a senhora retornou — disse o sargento, que diante do inquérito também estava a par de todos os fatos. — Ele sequestrou o Sr. Arthur e fugiu, então só voltou aqui um dia após o crime.

— Isso também explica o seu comportamento estranho comigo — disse ela, agora começando a juntar todas as peças daquele enorme quebra-cabeça — e também explica o porquê de ele estar indo à farmácia. Ele estava ferido, com o tiro que eu mesma dei na noite do sequestro!

— Bem, meu amor, mas nada disso importa — falou o Sr. Falcon, abraçando a esposa. — Tudo está acabado agora.

— Nem tudo — eu disse, rapidamente. — Ninguém está se perguntando onde Charles P. Rigone foi parar nessa história?

— Hum, é verdade — murmurou o sargento. — O que se deu desse tal Charles, afinal de contas?

— Ele está *morto* — respondi, cessando de vez os meus passos. — Charles foi encontrado hoje mesmo, às margens do Rio Tâmisa.

Assim que o sargento ouviu minhas palavras, seus olhos giraram nas órbitas de espanto, e com uma voz muito curiosa ele indagou:

— Você quer dizer que o corpo que encontramos era o dele?

— Sim, isso mesmo — eu confirmei, satisfeito. — E antes que façam mais perguntas, deixe-me esclarecer os fatos. Bem, primeiro eu gostaria que prendessem o verdadeiro homem de casaco preto. O responsável pelo terror da Royal Street, ou melhor, um dos três responsáveis e, ao mesmo tempo, o único que ainda pode ser preso.

— O que o senhor quer dizer com isso? — perguntou minha cliente, bastante confusa.

— Quero dizer que o Sr. Falcon é o verdadeiro criminoso da Royal Street!

— VOCÊ FICOU MALUCO?! — exclamou o restaurador, enfurecido. — Como tem a audácia de me acusar com tal afirmação?!

— Apenas com uma simples observação — eu disse tranquilamente. — A menos que tivessem acontecido dois disparos hoje à noite, você teria escapado, Falcon, mas como não aconteceu, como você explica isto?

E, apontando para a camisa de nosso anfitrião, todos na sala viram uma pequena mancha de sangue centímetros abaixo do peito direito.

— Retirem a camisa deste homem! — eu ordenei e alguns policiais que estavam perto de nós rapidamente correram para obedecer. Assim que o dono da casa havia se despido da peça de roupa, uma enorme atadura embebida em sangue se revelou em seu abdômen.

— Arthur! — gritou a esposa, colocando as mãos sobre a boca.

Mas já era tarde de mais e os policiais já o haviam algemado.

— Agora sim, deixe-me contar como tudo aconteceu realmente — eu disse, como um mágico que estava prestes a revelar seus truques. — Arthur L. Falcon é um excelente restaurador, ou "copiador", como sua própria esposa mesmo disse. Ele também é um psicopata doente, tão ciumento quanto uma pessoa pode ser. Idolatra a imagem da esposa a ponto de ter dezenas de quadros com o rosto dela na oficina. E sabendo com que tipo de pessoa realmente estamos lidando, lhes contarei como o Sr. Falcon arquitetou todo o plano junto de seu braço direito, o amigo e jardineiro Joseph. Ele só não contava que seu fiel companheiro o iria traí-lo beijando sua própria esposa.

Neste momento, o Sr. Falcon pulou em minha direção, e pude ver em seus olhos as chamas do inferno, mas os policiais o seguraram com ainda mais força e o afastaram de mim.

— Aquele desgraçado merecia morrer! — vociferou o restaurador, louco, mostrando sua verdadeira face. — Como aquele maldito Charles também! Afinal, você é só minha, meu amor — disse ele, virando-se para a esposa —, só minha... E de mais ninguém!

— Bom — eu continuei —, como eu ia dizendo...

"Assim que a esposa começou a trabalhar em dois horários, Arthur L. Falcon ficou morrendo de ódio, pois agora sua amada estaria muito "exposta" aos perigos "masculinos" do mundo. Mas, como ele sempre vivia o papel do marido *maravilhoso* e *compreensivo,* não poderia lhe dizer não. Então, assim que soube deste misterioso que mandava cartas para sua mulher, viu uma oportunidade de converter isto a seu favor. Primeiro ele roubou o envelope, depois quando a esposa lhe contou o que estava acontecendo e quem era Charles P. Rigone, ele o matou, cortou-lhe os dedos e deformou o rosto para que ninguém o identificasse. Depois analisou bem a letra no envelope e começou a "copiá-la", fazendo assim com que o homem de casaco preto estivesse vivo novamente para mandar correspondências ameaçadoras à esposa. Tudo ia bem e Arthur somente precisava assustar a esposa na rua. Imaginou que tendo um misterioso a seguindo toda a noite, a Sra. Falcon desistiria do emprego e ficaria em casa com ele. Às vezes, o marido se disfarçava de homem de casaco preto, mas quando Arthur estava com a Sra. Falcon e o estranho aparecia, era o jardineiro quem vestia as roupas. Porém, no dia do "tal sequestro" o famoso restaurador não contou com a carta na manga da esposa. Não contou que ela estava com sua própria arma escondida, e que sua amada iria disparar contra ele. A bala, como podem ver, acertou bem abaixo do peito direito, fazendo-o cair. A esposa então ligou para ele várias vezes, mas ninguém a atendeu. Possivelmente porque o telefone dele estava ocupado ligando para o jardineiro, a fim de que preparasse de última hora toda a cena do quarto bagunçado. E, depois de tudo isso, Joseph começou a cuidar do amigo, cuidou dele durante o dia todo após o disparo, pois era quando o amigo mais precisava, e também é o motivo pelo qual o jardineiro não foi trabalhar no dia seguinte. Depois, as idas de Joseph à farmácia eram para comprar ataduras e remédios para o Sr. Falcon, que àquela altura estaria escondido, talvez na casa do próprio jardineiro, já que ambos não tinham dinheiro para alugar um hotelzinho barato.

"Porém, Arthur L. Falcon não imaginava que durante sua ausência o jardineiro iria se apaixonar pela esposa, ou, como ele mesmo diz, ele já fosse apaixonado antes e, aproveitando, desse "incidente", demonstrou ainda mais seu afeto pela linda patroa. Hoje, porém, enquanto eu vinha pra cá, tinha várias teorias sobre quem era o criminoso por trás de tudo *isso*, porém, já sabia a identidade do cadáver no Tâmisa. Minha primeira teoria era que o homem de preto, o mesmo que tinha sido baleado, fosse o jardineiro. Só que ao jogar um porta-retrato no chão propositalmente observei que ele se abaixou sem nenhuma dificuldade, sem reclamar ou fazer careta, o que não era normal caso ele tivesse mesmo um ferimento no abdômen. Com isso, também pensei que minha cliente tinha mandado matar o marido para ficar com Joseph, o que seria muito clichê e iria estragar toda a diversão deste caso. Sem contar que deixaria muitas perguntas sem respostas principalmente a respeito do estranho, das cartas e do corpo no rio. Bom, diante disso, só me restou o marido, o mesmo que escutou nossa conversa na oficina. Eu percebi que havia alguém nos vigiando pela claraboia justamente na hora em que a Sra. Falcon falou do beijo, o que foi o real motivo para terminarmos nossa noite com um cadáver estirado bem no meio da Royal Street. E é por isso que eu digo com toda a certeza que o preocupado e compreensivo marido é o verdadeiro culpado, a mente brilhante por trás deste crime."

Na sala dos Falcon, houve muitos aplausos depois que eu encerrei minha narração, mas no jornal do dia seguinte foi a foto do sargento que ficou na primeira página, com uma enorme manchete: *O CASO DA RUA ROYAL STREET É SOLUCIONADO PELA COMPETÊNCIA DA POLÍCIA LOCAL.*

Naquele dia, eu tomei meu café tranquilamente e sorri bastante, sozinho, pois lá no fundo, como de costume, eu recebi o meu mérito, simplesmente por saber que os policiais sempre precisarão de mim. *Meu nome?* Acho melhor continuar anônimo, ao menos por enquanto.

O Caso da Circle Line – Parte I

Por Alysson Steimacher

Manhã de 6 de outubro de 1884, Londres.

Eram 8 horas da manhã quando a campainha elétrica tocou freneticamente no número 221B, na Baker Street, seguida de batidas na porta. Holmes e Watson ainda tomavam seu café da manhã.

— Watson, poderia, por favor, atender a porta antes que estes dois senhores a derrubem?

Watson desceu a contragosto os dois lances de escada. Olhou pelo orifício da porta e pensou: "Dois senhores?! Como ele poderia saber disso?". Watson abriu parcialmente a porta.

— Bom dia! Peço desculpas por importuná-lo a esta hora da manhã, mas o caso é urgente. Meu nome é Thomas Winsor, sou o inspetor chefe da Scotland Yard e este é…

— Greg. Subinspetor Greg Lestrade — completou.

— No que posso ajudá-los, senhores? — Watson só pensava: "O que Holmes teria aprontado agora?".

— Houve um grande roubo esta noite. Gostaria de saber se podemos contar com suas habilidades dedutivas, Sr. Holmes.

— Sr. Winsor, creio que há uma pequena confusão aqui. Meu nome é Watson, Holmes é meu colega de quarto.

— Ah sim, me desculpe. Poderíamos falar com ele?

— *Nós* aceitamos — Holmes gritou, descendo as escadas.

— É com ele que você quer falar — Watson apontou Holmes para Winsor.

— Holmes. Estes são o Inspetor Winsor e o Subinspetor Greg, da Scotland Yard.

— Em que posso ajudá-los, senhores? Me falem sobre o roubo. É para isso que estão aqui, não?

— Dinamite, Sr. Holmes. Dinamite para explodir metade de Londres.

Holmes escutava atento imaginando por que alguém gostaria de explodir metade de Londres.

Winsor continuou.

— Um trem, com um enorme carregamento, foi interceptado antes de chegar a Londres. Os bandidos descarregaram somente os oito vagões de dinamite, ignorando o restante.

— Poderia nos dar os detalhes no caminho? Gostaríamos de ver o trem imediatamente.

Já no caminho, dentro da novíssima carruagem a vapor, Watson pergunta:

— A quem pertencia essa dinamite, Sr. Winsor?

— Pertencia à Great Western Railway (GWR), Dr. Watson, a companhia que opera o Metropolitan Railway. A dinamite serviria para abrir os novos túneis de metrô para Hammersmith, após a inauguração da Circle Line, prevista para hoje. O que acha do metrô, Sr. Holmes?

— Enfumaçado e barulhento, Sr. Winsor. Além disso, a ideia de estar trancado em uma lata de sardinha que se move embaixo da terra não me fascina.

Holmes havia entrado no metrô apenas uma vez em sua vida, em sua inauguração em 1863, quando tinha apenas nove anos. Desde então, preferia andar a pé pela cidade.

— Mas o tempo da fumaça está com os dias contados, Sr. Holmes — disse Greg. — As máquinas totalmente elétricas devem pôr fim à era das máquinas a vapor. Isso deve acirrar a briga sobre o melhor tipo de transmissão de corrente, a contínua e a alternada. Quem vencer essa guerra dominará o mercado mundial de energia e sabe-se lá o que isso implica.

Holmes ergueu uma orelha e pensou que talvez devesse ouvir mais o que o Subinspetor Greg tinha a dizer. Holmes tinha plena consciência de que as aplicações do eletromagnetismo iriam mudar o mundo como conhecia, mesmo sem saber ainda de que maneira.

A chegada ao local do roubo foi rápida, o trem estava parado a apenas 8 km da entrada da cidade. Holmes se dirigiu à locomotiva do trem e encontrou uma pilha enorme de dormentes para trilho, que podia ser vista a distância.

— Acreditamos que esses dormentes estivessem perto da ferrovia, Sr. Holmes. Felizmente o maquinista viu isso a tempo e conseguiu frear o trem.

— Não são dormentes de trem, Sr. Winsor — Holmes disse, já se dirigindo ao primeiro vagão com a porta aberta.

De vagão em vagão, Holmes entrou, vasculhou e saiu até o último dos oito vagões, onde estava a dinamite. Todos vazios, mas a marca de lama feita pelas botas dos ladrões chamou a atenção de Holmes. Todas as marcas eram iguais.

— Conhece essa lama, Watson? Vê como ela é diferente da que estamos pisando? — Watson observou uma ligeira diferença, mas para ele era só lama.

— Sr. Winsor, poderíamos visitar dois lugares? — Holmes não queria perder tempo, a chuva que caíra de madrugada já tinha apagado grande parte das pistas.

Winsor concordou, já entrando na carruagem.

— Para onde vamos, Sr. Holmes?

— Primeiro para o escritório central da GWR. De lá, vamos direto ao escritório da District.

— As companhias de metrô — disse Dr. Watson, pensativo.

Ao lado da GWR, a Metropolitan District Railway, ou somente District, como era chamada, era a única companhia a operar as linhas de metrô entre South Kensington, Londres Victoria e Westminster e não demorou muito para as duas se tornarem terríveis rivais. A District tinha agora um papel fundamental na operação e conclusão da porção sul da linha, concluindo a chamada Circle Line, o projeto mais ambicioso do Metrô de Londres até o momento.

Com 21 km de extensão, a Circle Line conectaria toda a área central de Londres em um circuito fechado, concluindo o que havia sido iniciado em 1863.

Holmes sabia de tudo isso.

A carruagem estava quase chegando ao escritório central da GWR quando Dr. Watson rompeu o silêncio.

— Holmes!... Os dormentes usados para parar o trem... — Dr. Watson ainda estava reflexivo — ...não eram para trilhos de trem, e sim para trilhos de metrô! — exclamou ele, orgulhoso de sua dedução.

Holmes deu apenas um leve sorriso e disse:

— Elementar, Dr. Watson.

Os escritórios da GWR ficavam ao lado da estação Paddington, a primeira estação criada pela companhia. Ainda antes das 10 horas da manhã, o quarteto bateu à porta do escritório da GWR.

— Senhores, no que posso ajudá-los? — O diretor de operações os recebeu pessoalmente. — Acredito que seja por causa do roubo de carga, correto?!

— Roubo de dinamite, senhor... — Winsor parecia irritado.

— Isambard Brunel, engenheiro, a seu dispor.

O escritório de operações da companhia não era muito impressionante. Na verdade, era um pouco escuro e sujo, com mesas repletas de projetos. Em todos era possível ver linhas cruzando Londres, até se conectar a outras estações de trem já existentes.

A mesa de Brunel, por sua vez, estava tomada por livros, artigos e cálculos. Holmes pôde reconhecer estudos sobre eletricidade e magnetismo e mais uma vez, mentalmente, deu razão ao Subinspetor Greg. O futuro seria elétrico.

Brunel continuou.

— Sim, dinamite. Fui informado do roubo agora pela manhã, mas sou apenas um engenheiro, não sei como poderei ajudar.

Holmes perambulava inquieto pelo escritório, observando tudo atentamente. Dr. Watson, que havia se sentado, percebeu lama seca sob sua cadeira e uma bela impressão de pegada.

— Holmes, poderia ver isso?

Brunel também ouviu e se adiantou:

— Perdoem-me, senhores. Este escritório recebe os capatazes que trabalham diretamente na escavação dos túneis, então é impossível mantê-lo limpo como gostaríamos.

Holmes observou as diversas marcas de pegadas, iguais às encontradas no trem roubado, embora a lama fosse diferente, quase argilosa.

— Sr. Brunel, todos os seus funcionários utilizam esse tipo de bota?

— Sr. Holmes, 98% dos trabalhadores dos túneis londrinos usam essas botas.

— Sr. Brunel, sabe quem teria interesse em roubar sua dinamite? — Dr. Watson tentava justificar sua presença ali.

Brunel se mostrou um pouco reticente, não queria levantar suspeitas infundadas. No fim, pensou um pouco e soltou:

— Há uns cinco anos, eu diria que nossa maior rival, a District, seria a maior interessada nesse material, mas isso mudou, nosso tempo como rivais terminará depois de hoje à noite, com a inauguração da Circle Line. No entanto hoje existem novos fantasmas — anarquistas, comunistas... — todos estes adorariam ter toda essa dinamite nas mãos. Com ela, seria possível explodir o Palácio de Buckingham ou o Big Ben, quem sabe? Ou seja...

— ...causar o caos — Winsor disse, realmente preocupado. — Essa última possibilidade é a que mais nos assusta, Sr. Brunel.

Holmes já havia perdido o interesse pelo local, a visita não havia sido muito proveitosa.

— Sr. Brunel, muito obrigado pela sua atenção. Sr. Winsor, poderíamos ir rápido ao escritório da District?

— Sr. Holmes — disse Brunel já se despedindo —, não perca a inauguração da Circle Line hoje à noite, será um fato histórico.

O escritório da District ficava no outro extremo da Circle Line, próximo à estação Mark Lane. Os quatro se dirigiram tão rapidamente quanto a carruagem permitia, chegando aos escritórios da District antes das 11h30. Em frente à Estação Mark Lane um grande palco estava sendo montado para a inauguração da Circle Line.

— Vocês podem entrar, Inspetor Winsor — disse a recepcionista.

Winsor se adiantou e foi recebido por uma jovem mulher em um elegante *tailleur* cinza.

— Nós gostaríamos de falar com... — Winsor tentou dizer, mas foi prontamente interrompido.

— Comigo mesma — disse a jovem. — Meu nome é Lisa Lewis. Eu sou a engenheira responsável pela execução e pelo planejamento das obras da District.

Winsor corou, não esperava encontrar uma mulher nessa posição.

O escritório de Lisa não era nada parecido com o anterior. Era claro, limpo e organizado.

— O que sabe sobre o roubo de ontem, Sra. Lisa? — Holmes não tinha tempo a perder.

— Srta. Lisa, Sr....

— Holmes, Srta. Lisa. Holmes está ótimo.

— Bem, acredito que sei tanto quanto está no jornal — respondeu, exibindo o jornal a sua frente. — Por acaso somos suspeitos, Sr. Holmes?

— Não diria suspeitos, Srta. Lisa, mas todos sabem que a *sua* empresa e a *GWR* são ferrenhas rivais.

— Meu pai, Sr. Holmes. A empresa é do meu pai. E quanto à GWR, bem... nós fomos rivais. A inauguração da Circle Line hoje deve dizimar qualquer rixa que tivemos no passado. Com a divisão das linhas, a Metropolitan operará os metrôs no sentido horário, e a District, as linhas no sentido anti-horário, igualitariamente. — Lisa continuou: — Nossa única discordância com a Metropolitan parece ser quanto ao futuro dos trens elétricos. Nós apostamos na distribuição de corrente do tipo alternada e eles parecem mais inclinados à corrente contínua. No entanto, não haverá perdedores nessa batalha, apenas o orgulho de provar que o sistema que defendemos é o melhor não só para nós, mas para o mundo.

Holmes achava que orgulho já era muita coisa.

— O que seu pai pensa sobre tudo isso, Srta. Lisa? — A pergunta de Greg era um pouco impertinente, mas Lisa respondeu assim mesmo.

— Meu pai... — Lisa parecia reticente sobre o assunto — meu pai foi afastado da empresa por não conseguir lidar mais com o crescimento dela de maneira clara e objetiva. É um assunto de família, se não se importam.

Ninguém se importava.

Dr. Watson não pôde deixar de notar a grande estante de livros atrás da mesa de Lisa. Imensos volumes ricamente encadernados mostravam que alguém havia dedicado muito tempo e dinheiro naquilo. Deveria haver mais de mil volumes ali.

Holmes percebeu o interesse de Watson pelos livros, realmente era uma coleção impressionante. No centro da estante, em destaque, havia uma seção especial para livros de Ciência, de Biologia a Física. Era possível ver nomes como Darwin, Nicolau Copérnico, Giordano Bruno, Johannes Kepler e, em destaque, Oersted, Faraday e Maxwell, os expoentes máximos do eletromagnetismo, seguidos dos três volumes do *Princípios Matemáticos da Filosofia Natural,* de Isaac Newton. Ao lado dos três volumes, um espaço vago esperava para ser preenchido.

— Vocês têm mais alguma pergunta, senhores? Tenho que finalizar os preparativos para a inauguração de hoje à noite. Vocês são meus convidados. Estamos preparando uma linda queima de fogos.

Holmes e os outros saíram e o clima era de derrota. Holmes sabia que todas as pistas estavam ali, só faltava um clique, um estampido, para tudo se conectar.

— Sr. Winsor... Só posso afirmar até o momento que há envolvimento de funcionários que trabalham na escavação dos túneis. Se interrogar alguns deles, de ambas as companhias, vai acabar encontrando seu culpado.

— Só espero que não seja tarde, Sr. Holmes. Se descobrir alguma coisa, não hesite em me procurar, a qualquer hora.

...

O Caso da Circle Line – Parte II

Por Alysson Steimacher

Winsor e Greg retornaram à Scotland Yard. Como sugerido por Holmes, iriam iniciar o tal interrogatório. Dr. Watson voltara diretamente ao hospital, teria um turno durante toda a tarde. Holmes, por sua vez, dirigiu-se ao endereço na Baker Street desiludido. Passaria a tarde tentando juntar as peças do quebra-cabeça.

A tarde caiu rapidamente em Londres e o sol já havia se posto às 18h30. A partir daí, os dias só ficariam mais curtos e o frio só aumentaria, até o auge do inverno.

Dr. Watson chegou em casa após o trabalho às 19 horas. Passara a tarde com a cabeça imersa em dinamite, lama, dormentes de metrô, túneis, marcas de bota, eletromagnetismo e livros, muitos livros. Holmes estava trancado no quarto e o violino ressoava triste.

— Está no quarto desde que chegou, Dr. Watson — A Sra. Hudson tinha um ar de preocupação na voz. — Holmes não saiu nem para comer. Alterna momentos de silêncio extremo com esse violino barulhento.

Dr. Watson conhecia bem esse comportamento. Uma vez ou outra Holmes ficava obsessivo com algum assunto e passava dias assim, mas não hoje.

— Holmes — Dr. Watson bateu à porta, determinado —, poderia deixar de autopiedade e sair para comer? Gostaria de saber se você quer ir à festa de inauguração da Circle Line.

Dr. Watson esperava que a queima de fogos animasse Holmes e, quem sabe, trouxesse uma luz à questão.

Holmes abriu a porta e, a contragosto, resolveu sair. Talvez Watson tivesse razão, uma distração poderia ser útil.

Eram 20h45 quando Holmes e Dr. Watson chegaram à Estação Mark Lane, onde uma multidão aguardava a queima de fogos. Muitos dos presentes estavam ali para fazer o primeiro percurso completo do metrô da Circle Line, como parte da celebração.

Holmes e Watson se dirigiram à frente do palco e, mesmo em meio à multidão, não foi difícil encontrar Lisa e Brunel, confraternizando, como velhos amigos. Ao lado, Inspetor Winsor e Greg organizavam os últimos detalhes de segurança do evento. Os fogos começariam exatamente às 21 horas. Após cumprimentá-los, Holmes convidou Watson a assistir à queima de fogos lá de trás. A ideia de multidão deixava Holmes um pouco desconfortável. Winsor e Greg os acompanharam.

A quase trezentos metros do palco já era possível respirar e o quarteto podia ter uma visão melhor do todo. Não havia como não pensar que aquela quantidade de dinamite poderia ser usada ali, naquele momento, embora ninguém quisesse tocar no assunto.

Pontualmente, às 21 horas, o primeiro dos fogos de artifício risca o cinzento céu de Londres e explode em uma cascata multicolorida, arrancando suspiros de todos os presentes. Fascinados, todos olhavam para o céu, enquanto o número de fogos crescia em brilho, mas também em barulho.

Dr. Watson, Winsor e Greg estavam com os olhos vidrados nos céus, Holmes não parecia tão confortável assim. Após quase cinco minutos, o auge dos fogos parecia estar se aproximando, com mais brilho e mais barulho, e então...

Bummmmmmmmm!

Uma explosão seca pôde ser ouvida longe, o chão tremeu. O barulho se misturou ao apogeu dos fogos de artifício, mas a fonte não era essa, vinha de trás. O espetáculo continuava normalmente, mas Holmes se virou de imediato, procurando a direção da fonte da explosão.

Só então Holmes compreendeu tudo, era o estalido que faltava.

— Agora, senhores, precisamos correr! Sr. Winsor, Greg, levem quem conseguir para frente da abadia de Westminster. Não deixem ninguém entrar e principalmente, sair.

— Watson, te explicarei tudo no caminho.

Sem mais explicações, Holmes, seguido de Watson, partiu em uma corrida contra o tempo pela noite londrina. A abadia de Westminster ficava a 4,5 km de onde estavam. O caminho seria mais rápido se atravessassem a London Bridge e margeassem o Tâmisa.

— Pode me explicar o que está acontecendo, Holmes? — a respiração estava ofegante.

— A abadia de Westminster, Watson. O que é?

"A pergunta não fazia muito sentido", pensou Watson. A abadia era...

— Uma igreja? — Watson ainda estava confuso com a pergunta.

— Um grande cemitério, Watson! — Holmes acelerou ainda mais a corrida.

Sim, Holmes estava certo. A abadia de Westminster abrigava os túmulos e as tumbas das figuras mais importantes da Grã-Bretanha, desde generais, almirantes, políticos, médicos a... cientistas.

Watson processava a informação enquanto corria. Naquele ponto, já era possível ver a abadia se erguendo ao longe contra o céu cinza de Londres. Watson se sentiu aliviado por ver que ela ainda estava em pé, mas ainda não havia resolvido a charada.

— Newton! — gritou Holmes. — Sir Isaac Newton. — Tudo parecia muito claro na cabeça de Holmes.

Watson não entendia como Newton podia se encaixar na história e olhou para Holmes ainda mais confuso. A abadia ficava mais próxima a cada passo.

— O quarto livro — disse Holmes. — O quarto *Principia*, Watson.

Se Watson não estava entendendo nada, agora a coisa tinha ficado pior. Holmes deveria ter batido a cabeça ou algo assim.

— Holmes! — Watson gritou. — Newton *nunca* escreveu um quarto volume do *Principia*!

— Nunca *publicou*, Watson! Há uma lenda sobre esse volume e adivinhe só qual seria o assunto? — Holmes corria ainda mais forte.

Watson espremeu todos os seus neurônios e respondeu:

— Eletromagnetismo! — "Isso podia fazer algum sentido nessa história toda", pensou Watson. — Você acredita mesmo nisso, Holmes?

— E interessa o que eu acredito, Watson?! Aparentemente alguém acredita e acredita que essa obra esteja na Westminster...

— ...na tumba de Newton — Watson completou.

Holmes e Watson estavam atravessando a ponte de Westminster e já podiam avistar a abadia, a menos de 700 metros.

— Watson, vamos por baixo. — Holmes apontava a entrada da estação de metrô, que ficava a apenas 300 metros da abadia.

Esse era o plano de Holmes desde que eles começaram a correr, embora Holmes detestasse a ideia de se meter nos túneis do metrô, em especial quando o caso envolvia dinamite.

Sem conversar, os dois desceram pela estação de metrô e correram pelo túnel, em direção a Westminster. Na superfície, Winsor e Greg chegavam à frente da Westminster, ainda sem saber o que os esperava.

Depois de correr mais de 200 metros pelos túneis do metrô, Holmes avistou um pequeno túnel secundário, aberto recentemente. Viu também dinamite suficiente para explodir o túnel, e logo pensou que deveria haver mais em outras estações. Em pouco tempo, o primeiro metrô da Circle Line partiria, se já não houvesse partido.

Holmes parou à frente do estreito túnel e pensou. Watson estava aflito.

— Holmes! O que fazemos agora?! — Watson mal podia falar, num misto de medo e cansaço.

Holmes olhou para o relógio de bolso, pegou uma pá que havia sido deixada na entrada do túnel e fez um sinal de silêncio para Watson, que sem entender obedeceu. Os dois se posicionaram um de cada lado da entrada do túnel e esperaram.

Em menos de um minuto, Watson pôde ouvir passos no túnel, alguém se aproximava rapidamente, vindo de dentro. Holmes segurou a pá ainda mais forte e girou-a na altura do peito para dentro do túnel e...

Bang! Um som metálico ecoou por todo o túnel. Holmes havia atingido alguém direto no rosto. Imediatamente, o soturno senhor que tentava fugir caiu para trás já inconsciente, sem, no entanto, largar um pequeno volume envolto em linho, que carregava junto ao peito.

— Watson! Veja se ele está bem. Lisa não me perdoará se eu tiver matado seu pai. — Holmes realmente esperava que ele estivesse bem, talvez tivesse batido forte demais.

— Pai?! — Watson pensou um pouco, e sim, de fato, as peças se encaixavam. — E essa dinamite toda, Holmes?

Holmes abaixou-se junto ao pai de Lisa, pegou o volume que ele carregava junto ao seu peito e disse:

— Não acredito que essa dinamite vai explodir com ele nesse estado, ainda dentro do túnel. Cuide dele, Watson. Tenho que correr.

Holmes entrou no túnel e desapareceu, carregando consigo o pequeno pacote.

Greg e Winsor estavam à frente da Westminster, como Holmes havia ordenado. Dos dois, Greg era o mais impaciente. Não era justo que tudo acontecesse sem ele. Winsor, por sua vez, não compartilhava do mesmo entusiasmo.

— Vou entrar — disse Greg. — Fique aí se quiser, eles podem estar precisando de ajuda.

Winsor assentiu e, enquanto Greg se dirigia para a entrada principal, uma sombra saía correndo de dentro da abadia. Winsor paralisou.

— Não atirem! — gritou Holmes, acenando.

Ele havia subido pelo túnel direto até a abadia e fazia uma saída triunfal pela porta da frente.

— Está tudo resolvido! — gritou.

Na manhã seguinte, Holmes e Watson tomam café no 221B da Baker Street, agora na companhia de seus novos amigos.

— Gostaria de agradecê-los mais uma vez, Sr. Holmes e Dr. Watson. A dinamite foi recuperada, impedimos a explosão da Circle Line e prendemos o Sr. Lewis, que vai passar alguns dias no hospital até ir direto para a prisão. É bem possível que ele seja transferido para um asilo, parece que ele não estava muito bem da cabeça há algum tempo. — Winsor continuou:

— Parece que o plano todo era explodir a Circle Line e inundá-la com o Rio Tâmisa. Isso acabaria com as atividades das duas companhias e abriria um mercado para o futuro, com trens totalmente elétricos. Diversos cúmplices foram presos ainda ontem à noite.

— Impressionante — Dr. Watson estava realmente extasiado.

Greg, por sua vez, não estava conformado com o final.

— Ainda há algumas coisas que não estão claras, Sr. Holmes. — Greg estava curioso. — O que o Sr. Lewis queria na abadia de Westminster? Nenhum dos tesouros foi roubado. Quando ele foi levado para o hospital, só conseguia balbuciar algo sobre um livro. Vocês viram algum livro?

Watson olhou para Holmes, que olhou diretamente para Winsor.

— Livro?! Certamente a pancada afetou ainda mais o juízo do pobre homem. Não vimos nenhum livro. Vimos, Watson?

— Nenhum livro — Watson apertou os lábios e acenou negativamente com a cabeça.

Winsor sabia que havia algo ali, mas estava satisfeito com o *grand finale*.

— Bem... Após esta noite, eu decidi que já é hora de me aposentar, senhores — Winsor dizia isso com a sensação de dever cumprido. — Greg... o que acha de ser o novo inspetor?

— Eu ficaria honrado, Sr. Winsor — Greg não podia conter o orgulho. "Inspetor Lestrade", pensou ele.

Winsor tinha certeza de que o novo inspetor seria a pessoa certa para o cargo.

— Bem, então acho que é tudo, senhores. Muito obrigado pelo café — Winsor já se levantava, preparando-se para sair.

O agora Inspetor Lestrade o acompanhava.

— Espero realmente que este seja apenas o primeiro de muitos casos, senhores — Lestrade realmente via um futuro nessa insólita parceria.

Watson e Holmes apenas sorriram enquanto se despediam de seus novos amigos.

Subindo as escadas, lado a lado, Watson pergunta.

— Holmes... Você teve a chance de olhar o livro?

— Rapidamente, Watson. O bastante para entender o porquê de Newton tê-lo escondido do mundo. Newton demonstrou matematicamente como obter uma dissociação dos polos magnéticos, que só aparecem em pares, criando o monopolo magnético. Holmes continuou:

— Ao que parece, esse monopolo magnético é o Santo Graal de todo o eletromagnetismo. No entanto, essa dissociação liberaria uma enorme quantidade de energia que, se controlada, mudaria o entendimento atual da guerra das correntes, tornando, tanto a corrente alternada quanto a contínua, obsoletas para sempre.

Watson estava dividido. Aquilo não parecia de fato algo ruim.

— Sei o que está pensando, Watson, mas se Newton acreditava que a humanidade ainda não estava pronta para isso, acho que talvez ele tivesse razão. Não sei se um dia estaremos.

Holmes estava resignado, Watson consentiu com a cabeça.

— Holmes, você acha que eu deveria escrever algo sobre este caso? — Watson pensava que aquela poderia ser a primeira, de muitas histórias.

— Watson, meu caro. Quem se importaria em ler essa bobagem? — Holmes achava aquilo realmente engraçado, sem saber ainda sobre o excitante futuro que os aguardava.

O Ódio Eletrizante por uma Paixão

por Lorena da Costa

Meu nome é Sandy Cortella, trabalho há vinte anos como investigadora policial na delegacia da cidade de Santa Tereza, interior do estado do Espírito Santo, e em todos esses anos de carreira jamais um crime me intrigou tanto como o primeiro caso que investiguei, e aconteceu envolvendo duas importantes famílias de fazendeiros da região, os Gomes da Costa e os Araújo Chaves.

Era uma manhã de domingo, 12 de junho de 2019, quando recebemos uma ligação no departamento de polícia para irmos até a Fazenda Araújo Chaves, pois a filha mais nova do dono da propriedade, conhecido como Coronel Chaves, e seu namorado haviam morrido eletrocutados no tanque de peixes daquela residência. O mais intrigante foi que, ao chegarmos ao local, eu, o Delegado Marinho e a equipe de peritos criminais, descobrimos que o namorado da jovem moça era ninguém menos que o filho mais velho do Coronel Gomes da Costa.

Nos dias que se seguiram ao crime, os comentários entre os moradores eram de que Michele era uma moça um tanto quanto estranha. Havia chegado à cidade muitos anos depois dos pais e dos irmãos, porém, vestia-se e comportava-se bem diferente das moças que tinham a mesma idade dela, ou seja, vinte anos de idade.

Enquanto os peritos faziam o trabalho de recolhimento dos corpos e de elementos que pudessem elucidar o crime, eu e Delegado Marinho caminhamos ao redor em busca de evidências que pudessem nos apontar suspeitos. Era estranhamente notável que os irmãos das vítimas não demonstravam grande comoção pelas perdas que tiveram, afinal, para todos que conheciam as duas famílias, eles pareciam ser bastante unidos e amorosos uns com outros.

Deixando o delegado em meio aos presentes, caminhei em direção ao poste de onde o fio de alta tensão havia caído e pude perceber que por ali havia pegadas. Imediatamente chamei pelos peritos e também o Delegado Marinho para que verificassem.

— Veja isso, Delegado Marinho!

— Você tem razão, Srta. Cortella. São pegadas de sola de borracha e acabam justamente no poste de onde o fio se rompeu — Delegado Marinho me respondeu, intrigado.

Caminhamos em direção ao poste e nos surpreendemos ao encontrar atrás dele algumas ferramentas que pareciam pertencer a uma prestadora de energia elétrica da região. Recolhemos todos os materiais para traçar uma linha de investigação. Enquanto o resultado do laudo papiloscópico não chegava, levantamos a ficha de antecedentes criminais das vítimas. Assim, apuramos que, alguns meses antes do crime, Fernando envolveu-se em uma briga de bar a qual resultou um termo circunstanciado em que ele responderia por lesão corporal e injúria racial.

Passados alguns dias, eu e meu parceiro de investigações, Maurício Rodrigues, nos dirigimos até a companhia de energia elétrica para colhermos informações de um furto que ocorrera na empresa algumas semanas antes do acidente na propriedade rural. O porteiro nos relatou que um dos funcionários era suspeito de tal furto, e nos pedindo sigilo, nos revelou o nome: Anderson de Azevedo. O funcionário não estava comparecendo ao trabalho já fazia cerca de uma semana, mas o porteiro não sabia dar mais detalhes sobre a situação, porém, conseguiu para nós com o departamento pessoal o endereço do suspeito.

Anderson morava de caseiro em um sítio bem próximo à fazenda onde acontecera o crime. Estava sentado no gramado do domicílio quando o abordamos.

— Bom dia, Sr. Anderson. Somos investigadores da polícia local e gostaríamos de conversar com o senhor a respeito das mortes de Michele Araújo Chaves e Fernando Gomes da Costa — Maurício declarou.

— Como assim... O que eu tenho a ver com isso? — balbuciou Anderson, visivelmente incomodado com a pergunta.

— Nada. Só estamos querendo fazer algumas perguntas. — Observamos neste momento o nervosismo de Anderson.

Fizemos as perguntas e nos retiramos do local, porém, pelo nervosismo que o homem apresentou, ficamos a observá-lo pelas imediações do sítio. Conseguimos perceber quando ele deu partida em seu carro apressadamente e logo o seguimos. Anderson marcou um encontro no bar da cidade com os irmãos das vítimas, aparentemente, todos muito nervosos e exaltados.

A única coisa que conseguimos ouvir da conversa foi quando um dos irmãos gritou para Anderson:

— Você que vai se dar mal sozinho, meu chapa! Fica esperto! — disse Eduardo, irmão de Michele.

As investigações em torno de Anderson prosseguiram e, com a chegada do laudo papiloscópico, estávamos muito próximos de concluir as diligências. Dentre as várias impressões digitais colhidas, as de Anderson estavam presentes nas ferramentas encontradas no local do suposto acidente em que o casal de namorados havia morrido. O delegado ordenou que fôssemos intimar o suspeito. Encontramos Anderson no sítio. Ele se mostrou arredio com nossas interpelações, no que meu colega Maurício se exaltou:

— Acho melhor você começar a abrir a boca por bem, caso contrário, eu terei que aplicar certos métodos, entendeu bem? — Meu colega socava as palmas das mãos.

Os policiais apresentaram a intimação para Anderson, obrigando-o assim a acompanhá-los até a delegacia. Diante do delegado, Anderson, se sentido muito apreensivo com a situação, começou seu relato:

— Tudo bem, tudo bem... Mas o que eu ganho em recompensa por entregar os responsáveis? — Anderson argumentou.

— Acho que uma consciência limpa já seria algo de que pudesse se orgulhar, Sr. Anderson, porém, se resolver colaborar conosco, pode ser que o juiz alivie a sua pena ou até mesmo te absolva... — concluí.

— Ainda assim, desejo ter a presença de um advogado — Anderson argumentou.

A essa altura dos acontecimentos, Maurício já não se aguentava mais de raiva do sujeito e resolveu imprensá-lo contra a parede.

— Olha aqui, seu imbecil! Eu não estou para brincadeiras! É melhor você despejar o que sabe! Inclusive sabemos que você e a vítima Fernando eram desafetos um do outro. Além disso, temos o inquérito sobre o roubo de ferramentas da companhia elétrica que foram as mesmas usadas para cortar os fios que passavam dentro da fazenda onde morreu o casal.

— Calma, Maurício! Desse jeito você piora as coisas e seremos acusados de abuso de autoridade! — intervi na situação.

Foi então que Anderson começou a falar:

— Desde que vi a Michele, me apaixonei e fazia de tudo para que ela me notasse e eu pudesse ter a chance de viver o amor que sentia, mesmo sabendo que ela não havia nascido mulher. Eh... Porque poucos na cidade sabem e eu descobri pelos seus irmãos que Michele na verdade tinha nascido homem e, por ter morado fora daqui, em uma cidade grande, dada às modernidades de hoje em dia, quis se tornar mulher — Anderson começou seu relato num tom de voz melancólico. — Certo dia, enquanto bebia com uns amigos no bar da cidade, Fernando chegou me insultando porque soube que eu havia me declarado para Michele. Disse que era pra eu sair do caminho dele, pois, devido às circunstâncias, Michele jamais teria um relacionamento com outro homem que não fosse ele.

Aquele homem começou a assumir sua raiva contida.

— Me chamou de bicho do mato e que por isso só servia para realizar serviços em que eu ficasse trepado. Engoli em seco as palavras daquele miserável, e por dentro jurei que ele me pagaria.

Ao dizer essas palavras, assumiu uma fala totalmente desprovida de qualquer arrependimento.

— Certo dia, eu estava no centro da cidade e ouvi os irmãos dele e dela, o Fabrício e o Eduardo, conversando e tentando tramar uma forma de se livrarem dos dois, primeiro por causa da herança que não queriam repartir e depois por causa da rivalidade que existia entre as famílias, que já se arrasta por gerações. Além disso, Eduardo não se conformava com a ideia de que o irmão tinha virado mulher. — Ele entregou os comparsas sem pensar muito no que estava dizendo e nas consequências disso. — Foi então que eu me intrometi na conversa e me ofereci para fazer o serviço. Comecei a observar a rotina que Michele e Fernando tinham e planejei como iria matá-los. Se a Michele não ficasse comigo, não seria de mais ninguém.

— E como foi que cortou o fio de alta tensão sem que fosse visto por pessoas da família de Michele? — perguntei.

— Eu tive a cobertura do Eduardo e do Fabrício, que se prontificaram em ficar cientes da programação que Fernando e Michele iriam adotar durante o Dia dos Namorados e me informaram o horário que eles estariam no tanque de peixes. Fiquei escondido na mata ao redor da fazenda e subi no poste para cortar o fio assim que vi que o casal tinha entrado no tanque para pescar.

Fabrício e Eduardo foram intimados a depor sobre o caso e no dia e horário marcados compareceram à delegacia. Delegado Marinho não estava para cerimônias no dia e foi direto ao assunto, sem maiores delongas, realizando uma acareação entre os envolvidos.

— Senhores Fabrício e Eduardo, conhecem o aqui também presente Sr. Anderson de Azevedo?

— Por que iríamos conhecer esse sujeito, doutor? — questionaram os intimados.

— Porque ele trabalha na companhia elétrica da cidade. Isso não os recorda de nada? — a autoridade foi incisiva.

— Ah... Qual é? O senhor está querendo dizer que matamos nossos irmãos também?! — Eduardo disse com ar de deboche.

— A casa caiu, parceiros! Eu confessei tudo! Acho melhor assumirem a parte de vocês! — Anderson alertou.

— Doutor, o senhor não vai acreditar no que diz um sujeito que, ao contrário de nós, é desprovido de um nome de prestígio, não é mesmo?! — rebateu Fabrício.

— Tomem cuidado com o que falam, rapazes! Aqui eu sou a autoridade e decido como as situações devem ser conduzidas! Não admito que me questionem dessa maneira! A polícia trabalha com fatos! E vocês dois devem explicações. — Marinho esbravejou a ponto de todos que estavam na delegacia ouvirem.

— Está bem! — Eduardo falou. — Eu confesso! Não estava mesmo nem um pouco a fim de dividir o patrimônio que herdaria do meu pai com aquela coisa! Ela era uma sonsa e iria deixar aquela toupeira do namorado colocar tudo que era nosso a perder. E de mais a mais ele era da família Gomes da Costa! O que se pode esperar de um macho que quer virar fêmea? — Ao terminar sua confissão, Eduardo estava esbaforido de raiva.

Nesse instante, Fabrício já se encontrava transtornado, pois sabia que não teria como escapar das consequências do que fizera e partiu com socos e pontapés para cima dos outros dois acusados.

— Seus imbecis! Era para ter sido um plano perfeito e vocês estragaram tudo! Idiotas! Como você pôde ser tão burro de perder algumas ferramentas atrás do poste, Anderson? — Fabrício só gritava.

Nesse momento, eu e Maurício fomos chamados pelo chefe para conter os ânimos e conduzir os três delinquentes para a carceragem provisória da delegacia, enquanto o mandado de prisão não fosse expedido.

O tempo passou e os três foram condenados a vinte anos de prisão em regime fechado. Os irmãos das vítimas perderam todo o direito à herança dos pais, os quais, profundamente tristes e desnorteados com os acontecimentos, mudaram-se da cidade e foram viver o mais longe possível de todas aquelas lembranças.

Eu, Sandy, continuo aqui nesse distrito policial cada vez mais interessada em entender quais razões levam o ser humano a se comportar de maneira tão cruel. Ainda assim, penso que todos merecemos uma segunda oportunidade na vida e percebi que Anderson não desperdiçou a que teve. Refez a sua vida e entendeu que a vingança e o crime não compensam. O melhor mesmo é deixar que a vida se encarregue de colocar as coisas em seu devido lugar e nos trazer as pessoas certas, nos momentos certos. Estou inclusive pensando se não seria o caso de aceitar o convite dele para jantar.

O Clã do Sangue Dourado

Por Artur Monteiro

De todos os casos da minha honrosa e inexpugnável história investigativa, de um guardo uma recordação especial por ter sido um dos mais bizarros e insólitos que já presenciei: o caso do *Clã do Sangue Dourado.*

O desfecho me assombra ainda hoje: a ousadia e atrocidade com que o algoz conduzia aquele ritual de sacrifício humano, encorajado por seus comparsas naquela seita funesta, ainda me servem de modelo para deixar em aberto a resposta para a questão de quais barbaridades os seres humanos são capazes de cometer contra seus semelhantes.

Os cânticos esotéricos, o cenário nefasto, as alegorias sinistras e os capuzes mortuários daqueles corpulentos asseclas, integralmente comprometidos naquela liturgia agourenta, imprimem quadros vívidos de um pesadelo real, capaz de enlouquecer o mais são dos humanos.

A melodia retumba em minha mente, como uma canção apocalíptica:

Mi jivitan. Ná jivitan. Bangáro raqtan. Ni tiêjivan.

Suor. Calafrios. Insônia.

Os gritos das vítimas diluídos em meio à fúria animalesca me lembram que a morte é uma penitência branda frente a certas crueldades.

E eu somente estava ali por ter sido bem-sucedido em minha investigação.

Por vezes penso: antes tivesse fracassado!

Tudo começou com uma aposta.

Damião Mascarenhas, o inspetor-chefe da polícia investigativa, encontrava-se de mãos atadas em um caso de grande repercussão e comoção: o sumiço das crianças Margiori, as filhas gêmeas de um importante líder político local.

Esmagado pela pressão popular e com sua imagem desgastada na imprensa, ele apostou que eu, o detetive particular Mauro Travassos, seria incapaz de solucionar aqueles desaparecimentos.

Tínhamos nossas rixas.

Não que Damião fosse propriamente um inepto: era, a despeito de eu jamais admitir publicamente, bom o suficiente em deduções e compreendia razoavelmente bem as metodologias criminalísticas, o que o credenciava para ocupar a chefia da corporação. No entanto, eu tinha como principal trunfo uma memória da qual podia me gabar, e, por meio dela e de uma notória criatividade imaginativa, conseguia correlacionar dados e fatos aparentemente desconexos e inexpressivos para construir grandes panoramas, mais completos, abrangentes e úteis na resolução dos casos.

Ele tinha a erudição; eu, o dom.

Daí o seu ciúme revestido de orgulho e desdém.

Um dos meus passatempos diletos sempre fora colecionar notícias e, sendo a delegacia um paraíso de bizarrices e enredos investigativos, passava grande parte do meu tempo ali, parado, em silêncio e atento aos acontecimentos e narrativas, tomando notas e fazendo meus registros privados. Certamente era o não funcionário mais assíduo da corporação — e, provavelmente, mais presente que a maioria dos investigadores.

Tenho certeza de que a aposta fora um subterfúgio para eu fornecer os meus famosos "palpites", uma vez que, não sendo do quadro efetivo da polícia, eu só podia ser uma espécie de conselheiro, "sugerindo" respostas a questões aparentemente insolvíveis.

Nunca me importei com créditos. Holofotes não me interessam.

Quando aceitei a aposta, já estava inteirado das premissas do caso, uma vez que ele era quase completamente de domínio público, à exceção de raros segredos por força de sigilo investigativo.

O Senador Hermenegildo voltava com sua esposa e filhas gêmeas, Marina e Marcela, de um evento beneficente. O caminho era meio deserto, pois era preciso tomar uma estrada vicinal para o bairro onde residiam.

Madrugada. Céu nublado. Raios e trovões assustadores.

Os alertas sobre uma forte tempestade estavam em todas as rádios.

As meninas, assustadas, mantinham-se em silêncio. A esposa, inebriada, jazia adormecida ao seu lado.

De repente, um pedido de socorro: uma mulher, bonita e bem vestida, acenava sozinha, de modo frenético, clamando por ajuda com o que parecia ser problemas com o motor de seu carro. Apesar do receio, o senador decidiu prestar ajuda, deixando as filhas na companhia da mulher adormecida.

O plano era verificar o problema, chamar a assistência e esperar o socorro à pobre mulher.

Tudo antes da tempestade; esperava.

Quando abriu o capô, não notou nada diferente, a não ser luzes que piscavam numa cadência perfeita.

Verde. Verde. Verde. Vermelho.

Quando olhou para trás após ser cutucado, voltou-se pronto para dizer que não verificara nada diferente, mas o que viu o deixou confuso: um desconhecido perguntava-lhe se estava tudo bem, uma vez que se encontrava parado na beira da estrada, atônito e encharcado.

Não havia mulher. Não havia carro algum com problemas. Havia somente aquele homem, que, passando, decidira parar para interrogá-lo.

A tempestade viera e fora.

Em seu carro, a poucos metros dali, sua esposa encontrava-se sedada. As gêmeas, sumidas.

Na delegacia, ele contara, confuso, a sua história. Descrevera a mulher, o carro, as luzes. Não sabia explicar como, no instante seguinte, tudo estivera diferente. Não se lembrava da tempestade, mas garantia veementemente que não tinha perdido a consciência.

O automóvel descrito fora encontrado. Abandonado. Sem digitais nem vestígios.

O retrato falado da mulher não retornara qualquer resultado positivo. Ninguém conhecia aquela mulher-fantasma.

A narrativa do senador estava em descrédito e parecia cada vez mais fantasiosa, sendo acusado pelos adversários políticos de deflagrar uma comoção popular oportunista, com interesses eleitoreiros.

Contudo, crente no sofrimento do senador e da esposa, Damião, atendendo ao seu instinto de investigador, concedera o seu voto de confiança ao casal.

Foi neste clima tenso que entrei na investigação, até então centrada na mulher-fantasma e no carro abandonado. Por isso, não prosperaram.

Eu trouxe à tona o detalhe primordial: as luzes cintilantes.

Os segredos jazem nos detalhes.

A partir das minhas valiosas anotações, lembrei-me de dois casos inusitadamente semelhantes e aparentemente desvinculados entre si:

O primeiro fora o de Ângela, uma jovem noiva que, em sua despedida de solteira, fora convencida pelas amigas a participar de um reservado espetáculo sensual regado a álcool. O relato enredava uma convulsão de luzes coloridas e um atordoado desfecho com o desaparecimento da amiga junto do *stripper* que animava a festinha. As versões das amigas convergiam para um aturdido lapso coletivo de consciência. Apesar da hipótese provável, os testes de dopagem foram negativos. Sem indícios de violência sexual ou pedidos de resgate, o sumiço de Ângela nunca foi solucionado.

O segundo caso ocorreu com Hugo, um fotojornalista colombiano que alegava ter sido atacado por dois homens em seu estúdio doméstico de revelação fotográfica quando investigava uma milícia de traficantes na fronteira. Sua história versava, em um primeiro momento, sobre luzes coloridas observadas pelo reflexo no líquido revelador enquanto era imobilizado pelos agressores, para, em seguida, encontrar-se amarrado a uma maca, paralisado, transformado em cobaia humana ao ser submetido a procedimentos de supostos testes experimentais de drogas injetáveis. Nunca soube explicar como escapara.

Em ambos os casos, os enredos apontavam misteriosamente para uma mesma sequência de luzes coloridas como detalhes notáveis prévios às perdas de consciência e incoerências lógicas das narrativas.

A partir disso, sugeri que as luzes causassem hipnose e, com base nisso, após insistentes testes, descobrimos que o cintilar de luzes verdes e vermelhas em intensidade, comprimentos de onda e ritmo muito específicos podiam induzir um estado inconsciente de intenso torpor e passividade. Era a *hipnose das luzes natalinas*.

Em paralelo, descobrimos o paradeiro do fotógrafo colombiano: encontrava-se em um asilo, meio enlouquecido.

Interrogamo-lo.

A inquirição estava caminhando para um iminente fracasso, pois Hugo encontrava-se embotado e alienado em seu mundo de devaneios solitários. Porém, com a emoção à flor da pele por causa de sua carreira em risco, Damião pressionou-o para além do prudente e aceitável, aterrorizando-o psicologicamente com a lembrança das luzes natalinas.

O que se sucedeu por pouco não terminou em tragédia: nosso desarrazoado interlocutor enlouquecera de vez e, caído no chão, começou a se debater em convulsão, praguejando um cântico com termos excêntricos, em um crescendo aterrador.

— *Mi jivitan. Ná jivitan. Bangáro raqtan. Ni tiêjivan* — vociferava incansavelmente até ser sedado. Entorpecido, balbuciou, entre outros termos ininteligíveis, algo sobre uma pirâmide de vidro.

Acreditando ter chegado a um beco sem saída, Damião se entregou ao derrotismo. Eu, contudo, intuí um significado naqueles sons irreconhecíveis e procurei um amigo linguista, que decifrou aquele mantra: o que o catatônico Hugo pronunciava estava em telugo, uma língua dravídica, muito antiga, falada, sobretudo, na Índia, e significava *Sua vida. Minha vida.* ***Sangue dourado***. *Vida eterna.*

Após conjecturar algumas interpretações, todas centradas nos possíveis simbolismos daqueles versos tétricos, sugeri que a interpretação correta era mais simples: a literalidade do significado.

Seguindo esta pista, procurei uma amiga hematologista.

O fundamental não é saber sobre tudo, mas sim conhecer as pessoas que sabem.

Ela me disse que o termo "sangue dourado" designa o tipo sanguíneo mais raro no mundo. Então me explicou que as hemácias são revestidas de proteínas chamadas antígenos, de modo que a presença ou ausência de antígenos A, B ou RhD define a tipologia sanguínea dentre as oito típicas. Saber o tipo é fundamental na transfusão, já que, se uma pessoa receber sangue com antígenos desconhecidos, as células de defesa do organismo destroem as hemácias como se fossem patógenos.

Porém, o RhD é apenas um tipo dentre 61 antígenos da família Rh, fazendo com que as tipologias sejam, na verdade, mais complexas. Assim, o sangue dourado possui Rh nulo, ou seja, não tem nenhum antígeno, de modo que pode se misturar a qualquer tipo sanguíneo, sendo o verdadeiro *doador universal*, ao mesmo tempo em que só pode receber sangue do mesmo tipo. O problema é que essa mutação, hereditária, só foi detectada em um pouco mais de quarenta pessoas no mundo ao longo do tempo. Além disso, pessoas de sangue dourado sofrem, em geral, de anemia leve.

A partir disso, confirmei a condição clínica anêmica de Hugo e Ângela pelos arquivos e depoimentos e, então, conversei novamente com o Senador Hermenegildo, que confirmou minha hipótese, endossada por minhas observações dos olhos amarelados e da palidez da família Margiori, de que eles também sofriam de leve anemia.

O veio comum do perfil das vítimas finalmente estava dado.

Na ocasião, o senador me confessou que mantinha esta informação restrita pelo fato de já ter sido assediado por uma clínica particular para o tratamento das filhas, cuja metodologia profilática era, no mínimo, exótica. Questionado, cedeu-me mais informações sobre a localização da referida clínica. Prometi investigar.

O endereço apontava para uma região outrora próspera e que agora não passava de um arrabalde fantasma, entregue a estágios avançados de degradação e ruínas e habitado por grupos marginalizados. A clínica, aparentemente clandestina, encontrava-se abandonada, cheia de vidros quebrados e infiltrações; do outro lado da rua, a praça jazia inteiramente abandonada, com o matagal encobrindo os bancos e o parquinho infantil.

Foi então que a vi.

Refletindo a luz solar enquanto oportunamente olhava para aquela direção, avistei o cume de uma pequena construção piramidal de vidro no meio da espessa mata da praça.

Ansiedade. Euforia. Excitação.

Tendo a certeza intuitiva de que se tratava da pirâmide que Hugo mencionara, chamei o reforço policial enquanto buscava a entrada daquela exótica edícula. Quando entrei, percebi que a pirâmide apenas camuflava a entrada de uma passagem subterrânea, que conduzia para um extenso mundo subterrâneo: antessalas cheias de esculturas macabras e salas escuras, parcamente iluminadas por tochas dispostas nas arandelas presas às paredes de pedra, marcavam aquele ambiente de ar pestilento.

À medida que caminhava, a normalidade ia se esvaindo. O silêncio cedia lugar àquele cântico funesto já conhecido. Esgueirando-me entre colunas ornamentais para me manter oculto, segui a fonte do som até chegar à câmara principal, onde sucedia aquele nefasto ritual de sacrifício humano que ainda povoa os meus pesadelos.

A cantoria, as máscaras, o fogo, as vestimentas, as flâmulas, os ânimos vigorosos dos asseclas orbitando o centro da cerimônia... tudo se voltava para o ato principal, onde se via o líder, um homem mais ornamentado que os demais, conjurando palavras de ordem e ladeando um altar de pedra elevado no qual estavam as gêmeas Margiori, atadas, gritando e chorando copiosamente por suas vidas, próximas a um desfecho precoce.

Absorto naquela barbaridade, nem me dei conta quando parti para cima dos brutamontes que circundavam o altar, derrubando dois ou três com socos antes de ser imobilizado. Por isso, nem vi quando os policiais, liderados por Damião, felizmente chegaram antes que a tragédia fosse consumada.

Finalmente, os praticantes daquela seita foram presos em flagrante e Marina e Marcela foram resgatadas ainda vivas.

Conforme se apurou depois, a seita era conhecida como o *Clã do Sangue Dourado*, e fora fundada e liderada por um ex-cirurgião que, ao descobrir a raríssima condição de sua mulher, começou a reunir, em torno de si e de suas ideias, um grupo de devotos a partir de promessas impossíveis e crenças no elixir da vida, seguindo preceitos e concepções místicas milenares da Índia.

Assim, começou a identificar e raptar pessoas com sangue dourado a fim de drenar-lhes o sangue em um ritual fúnebre. Com isso, tinha a crença de que, com a transfusão que administrava a cada sacrifício, sua mulher receberia um sangue abençoado, divinizado, capaz de prolongar indefinidamente a sua vida.

Por derradeiro, descobriu-se que aquele clã vinha, baseado em sua liturgia esotérica e fantasiosa e por sua oratória messiânica, crescendo muito nos últimos tempos, de modo que, por meio da investigação deste caso, tornou-se possível desmantelar aquela seita conspiratória e criminosa.

Salus populi suprema lex esto.

O Mistério do Corvo

por Amanda Ribeiro

Londres era a cidade dos sonhos para muitos jovens, e Enzo sabia disso. Com 19 anos, ele era um típico garoto brasileiro, com cabelos e olhos castanhos, estatura mediana e um gosto fora do normal por futebol. Seus outros interesses incluíam o rock, a física e Sherlock Holmes.

Enzo não conseguia se lembrar de quando a fixação com o detetive começou, mas foi exatamente aos nove anos de idade, sua mãe tinha certeza. Marta não sabia mais o que dar ao garoto como presente de aniversário e encontrou no armário um velho exemplar de histórias do Sherlock. Decidindo que Enzo talvez gostasse de histórias de detetive, ela embalou o livro e o presenteou, criando uma paixão que ele levaria para a vida.

Foi essa paixão que ditou a vontade de estudar em Londres e mais ainda, o local onde morar. Enzo dividia um apartamento com mais dois colegas, John e Carlos, na Gloucester Place, duas ruas atrás da famosa Baker Street. "Foi na Baker Street que Sherlock morou, sabem, no 221B", ele contava orgulhoso para quem quisesse ouvir.

A rotina dos meninos era basicamente estudar e voltar para casa e, para Enzo, essa era a melhor hora do dia. Ele adorava jogar a mochila no canto, trocar de roupa e cair na cama, pegando o livro que ficava na cabeceira: "Sherlock Holmes, O Signo dos Quatro".

Ele se perdeu na trama e, antes que pudesse levantar para fazer qualquer outra coisa, adormeceu com o livro aberto no peito, sonhando que o detetive e seu companheiro Watson o visitavam à noite.

O despertador tocou com uma violência desnecessária e assustou Enzo para fora da cama em dois tempos. Ele desceu para tomar café e encontrou a casa vazia. Olhou em volta na cozinha e notou que a cafeteira estava desligada e a mesa limpa. Concluiu que os amigos haviam saído mais cedo para tomar café na rua e decidiu seguir o exemplo.

O dia continuou lento em meio a diversas novas teorias na sala de aula de Enzo e, assim que saiu de sala, o menino seguiu direto para o Regent's Park procurando um banco para sentar e se distrair.

Olhando o celular, o garoto não prestou atenção no chão e tropeçou em uma grande mochila de viagem jogada no caminho. Enzo olhou em volta e não encontrou ninguém por perto, o que achou estranho. Estava prestes a ir embora quando a mochila estremeceu e o garoto deu um salto para trás.

"O que aconteceu aqui?", Enzo pensou, assustado. Ele se abaixou e abriu com cuidado a mochila, vendo uma estrutura de metal dentro dela. Curioso, começou a puxar para ver melhor quando um par de olhos negros o encarou de dentro da bolsa.

Enzo congelou e olhou de volta nos pequenos olhos desafiadores que o observavam. "Mas isso é... um corvo!", ele constatou, enquanto o animal gritava agitado em sua gaiola.

Como alguém perde um corvo dentro de uma mochila no parque? Olhando em volta mais uma vez, como que esperando alguém lhe dar uma resposta, ele respirou fundo e pegou a bolsa do chão. Não ia deixar o animal sozinho ali durante a noite e na manhã seguinte poderia levá-lo para a polícia, já que estava ficando tarde.

Voltando para o apartamento, ele ajeitou a imensa mochila nas costas por cima de sua própria e abriu a porta, ansioso para contar aos colegas sobre o que aconteceu. No entanto, ele encontrou John e Carlos na sala, hipnotizados com o noticiário na TV.

Enzo trancou a porta atrás dele e ouviu com espanto o apresentador dizer que "a Scotland Yard está procurando o suspeito de roubar um dos corvos da Torre de Londres. A polícia está revendo fitas de segurança e está tratando o caso com extrema prioridade". O garoto sentiu o sangue gelar enquanto um dos guardas da Torre, o Yeoman Warder, aparecia aos prantos na TV dizendo que o corvo roubado era o preferido dele, e que os demais animais estavam inquietos com a falta de Poe.

"Poe. O corvo se chama Poe?", Enzo tentou colocar os pensamentos no lugar. O corvo que encontrou no parque, que estava agora chacoalhando nas suas costas, era um dos corvos da famosa Torre de Londres? "Que confusão!", pensou o menino. Agora ele não podia simplesmente ir à polícia e dizer que havia achado o pássaro no parque, eles iam pensar que ele era o ladrão!

— *Cara*, você viu que viagem? — comentou John, vendo Enzo parado na porta. — Que mochila enorme é essa?

— Peguei emprestado por uns dias de um amigo — ele mentiu, sem ar.

— Você tá bem, *cara*? — perguntou Carlos, olhando melhor para Enzo e vendo que gotas de suor começavam a brotar na testa do garoto.

— Claro, dia cheio! — respondeu Enzo, correndo pelas escadas e se trancando no quarto.

Assim que colocou a mochila no chão, o corvo Poe começou a gritar, e Enzo rapidamente ligou uma música alta para encobrir os gritos do animal. Respirando rápido e assustado com o rumo que as coisas tinham tomado, ele sentou na cama para pensar no que poderia fazer. Fechou os olhos e apertou com força os nós dos dedos em cima deles, procurando uma solução. Abriu os olhos devagar, limpando a névoa da visão e olhando o quarto lentamente.

— AAH! — gritou o garoto, caindo da cama.

Um homem estranho apareceu sentado na poltrona ao lado, fumando um cachimbo curvo e usando um robe roxo extremamente familiar. Enzo levantou-se com cautela, olhando da porta fechada para o homem, imaginando como ele havia entrado.

— Você é?... — perguntou Enzo, balançando a cabeça em descrença — Sherlock Holmes? Eu devo ter batido a cabeça em algum lugar.

— Não, meu caro, não bateu. E sim, sou Holmes — respondeu o homem com uma voz profunda e sem emoção. — Parece que temos um mistério nas mãos, não é? — ele disse, apontando para a mochila.

— Na verdade, eu ia entregar para a polícia. Só preciso ter certeza de que eles não vão me achar suspeito.

— Então você precisa encontrar o ladrão e entregá-lo junto com a mochila — disse Holmes, com um tom de razão.

— Como vou achar o ladrão? Nem a Scotland Yard sabe! — falou Enzo exasperado, ainda assustado de falar com o estranho.

— A polícia nem sempre sabe o que deve fazer. Você precisa investigar o que tem — disse Holmes, apontando novamente para a mochila.

De repente, Enzo ficou muito desconfiado. E se aquele homem fosse o ladrão do corvo e estivesse ali para recuperar o pássaro? E como ele entrou no quarto? A não ser que fosse uma alucinação...

Sherlock levantou da cadeira, ajeitou o robe roxo em volta da cintura e atravessou o quarto ignorando o olhar de desconfiança do garoto. Parou em frente à mochila, observando os detalhes de perto.

— Uma mochila padrão de viajar, suja de terra no fundo, com fechos gastos e uma gaiola no interior. O que mais tem dentro dela?

Enzo olhou para o homem esperando que ele respondesse, mas ele apenas arrumou a postura, irritado.

— Ora, você precisa abrir e ver, não é? Somente um de nós é real.

— Você não é real? — disse Enzo, com os olhos arregalados.

— Claro que não, estou na sua cabeça. Francamente, esperava mais de alguém que passou a vida lendo histórias de detetives.

Enzo começou a ficar tonto com tanta informação, mas agora tinha certeza: havia ficado louco. Ou pegado alguma doença do corvo. Corvos transmitem doenças? "Não importa, isso tudo é loucura", pensou ele, fitando a parede.

— Vamos olhar o papel de parede a noite toda agora? — Holmes chamou a atenção dele.

— Você não é real!

— Claro que não, achei que isso já estava resolvido, mas precisamos decidir sobre o ladrão do corvo.

Como que ouvindo falarem sobre ele, Poe gritou novamente da gaiola, infeliz por continuar nos fundos da mochila. Enzo foi até ele e o colocou no chão com cuidado. Dando uma olhadela para o detetive, ele voltou a atenção para a mochila e continuou tirando os demais objetos da bolsa.

Encontrou uma caderneta, um molho de chaves e um boné amassado com o brasão da família real. Sherlock chegou perto dos objetos observando cada um atentamente, baforando o cachimbo. Ele olhou para Enzo e disse com convicção que precisavam voltar ao parque. Enzo recusou dizendo que estava muito tarde e o parque estaria fechado. Na manhã seguinte, eles retornariam. Com isso, Sherlock voltou a sentar na poltrona, com um ar mal-humorado, e Enzo foi dormir pensando onde foi que se meteu.

O dia clareou e Enzo já estava pronto, guardando com cuidado o corvo na mochila. Ele os colocou em um canto seguro do quarto e saiu para a rua com Sherlock o seguindo de perto.

Chegaram ao Regent's Park e foram um dos primeiros no local, pois ainda era muito cedo para os amantes dos passeios matutinos.

— O que estamos fazendo aqui? — perguntou Enzo, com frio.

— Aguardando o cúmplice — respondeu Sherlock. — O chaveiro que estava na mochila, está escrito "Eu te amo", logo foi dado de presente por alguém, um namorado possivelmente.

— E quem disse que a pessoa vai vir para cá?

— E quem disse que não? Eles perderam um pássaro valioso — observou Sherlock.

E realmente, em poucos minutos, um rapaz agitado passou ao lado deles, olhando para os jardins de forma muito inquieta. Estava vestido com roupas de corrida e tinha um boné que pareceu estranhamente familiar a Enzo. Logo ele percebeu que era o mesmo boné que tinha achado na mochila! Sherlock tinha razão, esse deveria ser o namorado.

Tomando coragem, Enzo teve uma ideia louca e resolveu seguir em frente.

— Licença! — ele gritou atrás do menino. — Vi que você parece estar buscando por alguma coisa. Perdeu uma mochila? Encontrei uma aqui ontem.

O garoto pareceu ter visto um fantasma e respondeu balbuciando:

— Sim, perdi durante a corrida... Você está com ela aqui? Preciso de volta.

— Levei para casa, não queria que alguém roubasse — explicou Enzo para acalmar o outro garoto.

— Ótimo! Preciso dela de volta — ele voltou a dizer com mais insistência.

— Podemos nos reencontrar aqui no final da tarde? Posso voltar com ela e te entrego.

— Não pode ser antes?

— Não consigo antes... — disse Enzo, fingindo estar preocupado. Na verdade, para seu plano funcionar ele precisaria de tempo, então quanto mais tarde ele voltasse a encontrar o criminoso, melhor seria.

O menino concordou e disse que seu nome era Merlin. Eles marcaram o encontro para o final do dia, com Enzo sentindo o olhar de aprovação de Sherlock ao seu lado.

— Já sabe o que vou fazer? — perguntou Enzo assim que Merlin foi embora.

— Está bastante óbvio — disse Holmes, andando para o jardim. — Você vai trazer a polícia aqui para emboscá-lo, mas ainda falta descobrirmos quem é o cúmplice e por que deixou a mochila no parque.

Enzo seguiu o detetive e refez o caminho onde encontrou a mochila. Um pouco atrás de onde o corvo estava caído, eles encontraram uma toca escondida por folhas e um animal rosnando lá dentro.

— Um cachorro selvagem, deve morar aqui há muitos anos — disse Sherlock.

— Então o ladrão tem medo de cachorro?

— Ou foi atacado. Perto da terra que tinha sujado a mochila tinham alguns pelos e pequenos furos, facilmente mordidas.

— O cachorro deve ter sentido o cheiro do pássaro, mordeu a mochila e o ladrão se assustou, deixando-a para trás.

— Perfeito! Agora, só falta buscar o corvo e o levar para a polícia — disse Sherlock se levantando.

Enzo seguiu o detetive para fora do parque, achando extraordinário e insano que ele estivesse resolvendo um caso com seu personagem favorito. A visão de Sherlock com seu robe roxo no meio de uma Londres moderna era algo que Enzo não esqueceria facilmente.

Antes de pegar a mochila para entregar à polícia, Enzo decidiu ver o que tinha escrito na caderneta, esperando que talvez ali tivesse o nome do outro ladrão. O que achou, no entanto, foi uma lista com sete nomes, incluindo o de Poe, que já tinha um traço por cima.

— Você acha que eles vão tentar roubar todos os corvos? — perguntou Enzo, estupefato.

Sherlock o ignorou, pois estava olhando uma informação no final da página. Dizia Bill – Amsterdão (100.000 euros).

— Acho, caro Enzo, que eles vão vender os corvos.

Enzo rapidamente guardou a caderneta e colocou a mochila nas costas, alarmado para chegar à polícia o quanto antes. Ao descer as escadas, cruzou com John novamente na TV, vendo mais notícias.

— Você viu que prenderam o ladrão dos corvos? — ele perguntou sem virar para trás. — Cada louco...

Enzo parou de supetão a tempo de ver uma menina sendo presa pela Scotland Yard. Aparentemente, ela tentou sair da Torre de Londres com mais dois corvos escondidos em uma mala de mão. Enzo olhou frenético para Sherlock, que apenas acenou com a cabeça. O cúmplice já tinha sido pego! Agora só faltava Merlin.

Torcendo para que ele não desistisse do encontro, Enzo foi até a delegacia mais próxima e contou tudo que o tinha acontecido, deixando de fora a parte que ele podia ver Sherlock Holmes. Os policiais duvidaram dele no início, mas logo passaram a crer quando Poe gritou dentro do cativeiro. Enzo então passou mais alguns minutos repetindo toda a história e convencendo os policiais de que ele não era o cúmplice de Poppy e que nunca tinha visto a menina antes.

Por fim, o delegado concordou em seguir Enzo até o parque, levando consigo dois policiais. Enzo pediu aos oficiais que ficassem escondidos e ficou no local marcado esperando Merlin aparecer.

O garoto demorou um tempo para surgir, mas veio com as mesmas roupas da manhã e uma expressão pálida e ansiosa. Assim que viu a mochila, tentou puxá-la de Enzo, mas foi impedido pelos policiais que já se posicionavam para prendê-lo.

Enquanto Merlin era preso, Enzo olhou para o lado e viu Sherlock acenando para ele em aprovação, sua imagem ficando cada vez menos nítida, até desaparecer por completo. Ele olhou para o chão e sorriu tristemente, pensando como havia sido bom ter o amigo imaginário por perto.

O delegado não sabia o que pensar da história, mas após interrogar Merlin constatou que o menino e sua namorada iam vender os pássaros para poderem se casar. Estupefato com a astúcia de Enzo, ele só conseguiu agradecer ao garoto.

Em pouco tempo, a notícia se espalhou pela cidade e o canal de notícias apelidou Enzo de herói nacional por ter salvado os corvos desse crime bizarro. Como agradecimento, o Primeiro-Ministro também concedeu ao garoto entrada vitalícia para a Torre de Londres.

Chegando em casa, Enzo guardou o bilhete dentro do livro do Sherlock, pensando que seu querido detetive, mais que qualquer um, merecia o mérito por aquela solução.

O Analista

por Célio Marques

Verifiquei o endereço.

Era aquele mesmo, um prédio de três andares, com a fachada estilo *art nouveau* que se destacava das demais fachadas, com as cornijas das janelas ainda intactas. Não liguei avisando que viria, pois sabia de antemão que meu empregador não gostava de circunlóquios, exceto se a elipse de pensamentos o satisfizesse de alguma maneira.

Fazia um ano que tinha completado mais um ciclo na vida. Foram oito mil e trinta dias trabalhando como policial civil no Amazonas. Fui preparado para o serviço com horas na academia aprendendo a profissão, uma aula de tiro teórico e um meio dia de prática, quando disparamos cinquenta vezes. O instrutor disse que estávamos preparados para a guerra. Voltei a usar a arma alguns meses depois, mas posso garantir que pouco do que foi ensinado serviu nas ruas. Trabalhei nas atividades de investigação diuturnamente, me aprimorando nos aspectos práticos combatendo criminosos. Trabalhar todos os dias é o que chamamos de expediente. Nos finais de semana e feriados, os servidores do expediente aproveitam seu tempo livre nas mais diversas atividades. Uma alternativa a esse horário é o chamado plantão.

No caso da polícia civil, o regime de plantão é cumprido da seguinte forma: um ciclo de 24 horas de trabalho ininterrupto por 72 horas de folga. Parece algo vantajoso, mas com o passar do tempo e o peso da idade, as noites maldormidas vão se acumulando. O corpo esmorece sem que o servidor policial perceba, os olhos vão cansando e surgem as dores nas costas e no pescoço. Dependendo do local onde esse plantão é cumprido, a carga pode ser até maior. E geralmente as condições de trabalho são as piores possíveis. Plantões não investigam efetivamente nas ruas, esta atividade nas delegacias é realizada pelo pessoal do expediente. Em geral, é nas unidades especializadas que acontecem as investigações dos crimes, mas não em todas, sendo as relacionadas ao patrimônio, combate a entorpecentes e homicídios, as mais operacionais. Com o tempo, me adaptei ao trabalho de plantonista na Especializada em Homicídios e Sequestros.

Anos de trabalho árduo buscando provas nas cenas de crime, colhendo depoimentos e identificando testemunhas e suspeitos. Dependendo do caso, os plantões da Especializada em Homicídios podem até vir a prender um suspeito de cometer um assassinato, mas é um evento raro. Cumpri vinte anos de plantões nesta unidade especializada na resolução dos homicídios, em Manaus. E me considerava um perito na arte de investigar preliminarmente assassinatos, tendo resolvido dezenas de casos. Um dia, conheci o homem do qual falarei agora.

Era um cara de meia-idade, sem atrativos físicos que sobressaíssem da paisagem convencional. Não fazia o tipo anjo vingador e nem tampouco o do herói tradicional. Baixo para os padrões estéticos, mas não tão baixo. O corpo possuía uma robustez que não se podia medir, mas apenas presumir, um tipo atarracado, porém ágil. Tinha o cabelo basto e grisalho, mas não totalmente branco. Uma característica marcante era que não portava a arma de serviço de forma aparente. Na primeira vez que nossos destinos se cruzaram, sacou e atirou em um bandido que fazia uma balconista de farmácia refém.

Um tiro que atingiu o coração do homem, que caiu duro para frente. A balconista correu para abraçá-lo. Lembro-me de que sorriu, enquanto chutava com a ponta do sapato o bandido que vertia sangue do orifício feito pela bala certeira, mas não havia raiva no gesto. E a impressão que ficou foi a de que projetou cada movimento que fez, por mínimo que fosse, buscando aquele resultado no final. Nossos caminhos cruzaram-se duas vezes dentro da polícia.

A última vez foi uma noite na qual tirava o serviço extra na delegacia de homicídios. O plantão nessa época era composto por delegado, escrivão e três investigadores, embora sempre faltasse um dos servidores, afastado por causa de férias atrasadas ou aproveitando uma licença-prêmio. Para cobrir essa falta de gente, criaram o subterfúgio do serviço extra.

Manaus atravessava uma onda crescente de assassinatos, mas não parecia que o sistema de segurança estivesse preocupado. As mortes atingiam os que moravam nas periferias afastadas, envolvidos com o tráfico doméstico. Por dia, em média, aconteciam de três a cinco execuções. A essas execuções se somavam os suicídios, as mortes que careciam de uma explicação plausível e, quando eram reportados às autoridades, restos mortais encontrados em todo canto da cidade.

Ele chegou no horário exato para o turno da noite: 20 horas.

— Mário Barcelos? — perguntei, mas de forma tautológica.

— Mudei tanto assim?

Fiquei calado.

O delegado se aproximou.

— A cidade está pegando fogo hoje.

— Vamos fazer nosso trabalho — respondeu Mário Barcelos.

Mário se retirou para um canto sem dar maior importância ao delegado e começou a ler um livro, mas não consegui entender o título da capa. Ele não se importava em ter o nome associado à resolução de caso algum, fosse importante de acordo com a mídia ou crimes cuja ofensa à sociedade fosse mínima, mas eu sabia de pelo menos uma dúzia de inquéritos, nas mais diversas modalidades, nos quais a agudeza do pensamento de Mário tinha sido primordial para a resolução dos crimes.

O delegado plantonista fica quase sempre na sala interna, e não se mistura demasiado com os investigadores plantonistas, que aguardam no salão de atendimento o chamado pelo rádio ou telefone para comparecerem nos locais onde acontece de surgir um ou mais cadáveres. Ou para acompanhar as remoções de corpos das unidades hospitalares até o IML (Instituto Médico Legal).

Por volta da meia-noite, estávamos os três investigadores da noite.

Eu, Mário Barcelos e Itamar.

Nas quatro horas que se passaram da chegada de Mário até aquele momento, somente interrompeu a leitura para beber água. Eu e Itamar já tínhamos feito uma série de pequenas atividades, mas Mário parecia alheio a tudo que o rodeava. O telefone tocou. Itamar, que estava próximo, se levantou. Balançava a cabeça e anotava algo em um bloco de papel. Depois desligou.

— Um homicídio na Raiz, na Rua Lauro Menezes, outro motoqueiro atirador — disse Itamar.

— Você vai? — perguntei para Itamar.

— Preferia ficar desta vez, se acontecer outro eu vou.

— Tu podes me acompanhar, Mário?

— Claro — disse isso e fechou o livro.

— Vou comunicar o delegado — falei para Mário.

— Tudo bem.

O delegado não quis ir, apesar de ser uma obrigação legal. O rito processual exigia que a autoridade policial acompanhasse a perícia criminal nas cenas de crime violento, mas deu uma desculpa à supervisão e ficou assistindo vídeos na internet.

— O delegado não vai.

— Felizmente a presença da autoridade não influi na resolução dos crimes — respondeu Mário Barcelos.

Fomos os dois, pois nosso plantão não tinha motorista. A hora ajudava a evitar o trânsito caótico da cidade, e o tráfego era suave.

— Emerson, não é?

Olhei para Mário Barcelos.

— Ajudei você naquele caso da mala, todos foram presos e condenados e a velha da pensão, vingada.

— Eu me lembro. E a faculdade de medicina? Concluiu?

— Estou cursando. É difícil por causa do horário, mas é um esforço que vai valer cada minuto.

— Sempre falamos do imperativo temporal, mas é redundância, não há como controlá-lo. Já tenho a quantidade necessária de contribuição para me aposentar. Servi na fronteira por sete anos, e pela legislação isso equivale a 14. Com os vinte já trabalhados aqui, até ultrapasso a contagem. Afinal, 45 não acontecem toda hora.

— Ainda faltam uns dez para mim, Mário.

— Quando você aposentar, se não se tornar médico, pode até me ajudar. Sairá do serviço relativamente jovem e certamente saudável, com a mente arguta para alguns aspectos da vida.

— Relativamente jovem? Gostei. Saudável? Quase integralmente, se não tivesse me machucado correndo atrás de bandido — falei, passando a mão esquerda no joelho esquerdo.

— Cicatriz de guerra, privilégio dos guerreiros, brindemos a ela — disse Mário.

— E como poderia ajudar?

— É, meu caro doutor, como? Sua memória continua tão boa quanto antes?

— Creio que sim.

— Falei que montaria um escritório para fazer avaliações de campo. Uma consultoria de crimes para ajudar a polícia. Você recorda dessa afirmação?

— Montastes?

— Nos últimos anos, fiz alguns trabalhos para a comunidade de segurança. Pública e privada.

— Olha só, *cara*, um escritório de detetive?

— Prefiro dizer que é uma consultoria para avaliar casos em que a polícia e a justiça não conseguem avançar. Pelo menos não com os métodos que empregam.

— Recordo de uma conversa que tivemos — comentei.

— Consegue enumerar os tópicos que abordamos?

— Eu não abordei nada, você quem falou, mas aquilo abriu minha mente.

— Mas você a fechou?

— Sim — sorri para ele.

— Mentes demasiado abertas podem se tornar receptáculo de ideias estúpidas.

— Ater-se aos princípios, seria uma das regras.

— Referências pétreas que guiam a razão, mas não estatutos de preconceitos — frisou Mário.

— Criar e destruir hipóteses, procurando sempre as que respondem as perguntas e não as que se adéquam aos interesses.

— Não duvidar da resposta mais absurda, desde que as mais simples tenham sido eliminadas — falou Mário.

— Usar a análise, observar e se necessário intuir, mas sem tentar adivinhar. O que é complexo não necessariamente é profundo de significado, e calcular sem método não tem o poder de uma análise arguta.

— Muito bem, estamos chegando. Procure a mim se quiser. Se não quiser, ainda assim, aconselho me procurar. Montei um escritório bastante agradável na Rua do Padeiro, nº 221B, no centro antigo de Manaus. Dá para ver o rio e o pôr-do-sol, o que não é pouca coisa.

Anotei o endereço que Mário falou e fomos aplicar as capacidades das quais tanto nos orgulhávamos e tentar ajudar quem necessitasse.

Havia uma multidão observando um corpo, caído aos pés de uma mesa com pratos e comidas. Policiais militares tinham feito um isolamento padrão, o que ajudava na realização dos exames periciais, mas era certo que já tivessem manipulado em algum grau o cadáver e os elementos dessa cena de crime. Ultrapassamos o isolamento.

— Homicídios — disse para um jovem soldado. — Mário Barcelos e Emerson.

— Tem delegado?

— Não.

— Alguém falou algo? — perguntou Mário para esse policial.

— Aquela mulher é parente, irmã do morto.

— Tudo bem, vamos conversar com ela enquanto aguardamos a perícia.

Aproximamo-nos da mulher.

— Teu irmão? — perguntou Emerson.

A mulher apenas suspirou.

— Disseram que um ladrão o matou — falou a mulher.

Mário ficou olhando para o cadáver, depois observou o policial militar e, como se divagasse em torno de muitas ideias, nada mais perguntou. Abaixou-se e, com uma caneta que possuía na extremidade uma lanterna, verificou as mãos do morto, mas não as tocou. Depois caminhou de costas, se afastando aos poucos da cena do crime. Obervou um ponto à direita, uma freada no asfalto, possivelmente de motocicleta. Viu os pratos na mesa e os avaliou, as comidas que cada um deles continha, suas quantidades e outros elementos. Voltou novamente até o cadáver e verificou a boca, usando uma espátula de madeira que pegou da mesa. A dona da banca de comida, indicada pelo outro policial, aguardava fora da área reservada para as investigações, preocupada com a comida e seus utensílios de trabalho. Olhou para uma placa de identificação e viu uma lousa onde fora escrito o resultado do jogo do bicho. Reparou em alguns canhotos espalhados pela mesa e comparou os números anotados.

Mário foi falar com ela.

— Não fique preocupada, senhora...

— Clotilde.

— Clotilde. Não vou deixar mexerem em nada, e daqui a pouco libero a mesa.

— Obrigada, doutor.

— Sem essa de doutor, mas fica tranquila, vou ajudar. São as notas dos fregueses que estavam sentados quando aconteceu?

Clotilde olhou para baixo meio atônita. No bolso do avental estava um bloco de anotações.

— Sim.

— A senhora pode me dar o bloco de notas?

— Claro, pegue aqui.

Mário esticou o braço e apanhou das mãos de Clotilde o bloco. As anotações eram simples, mas precisas. A precisão acompanha as relações de dinheiro e serviços. Olhou cada nota, verificando valores e notando que em algumas havia uma marca vermelha, indicando que o saldo fora zerado, o dinheiro dado e o troco recebido, até mesmo com o valor, embora os valores não correspondessem à realidade. Na última nota que possuía dados de compra, a anotadora riscou o pedido abruptamente. Os quatro anteriores indicavam pagamento, mas não o final da operação, com aqueles valores extravagantes. A disposição dos pratos e dos bancos na mesa e os talheres ajudavam a pintar o quadro. Mário voltou para entabular uma conversa com a mulher da banca de comidas.

— E as pessoas que estavam comendo?

— Devem ter corrido de medo.

— Elas não estão por aqui?

— Claro que não, meu amigo, quem passa por um sufoco desses quer mais é agradecer por ter escapado.

— Notei que a senhora...

— Senhorita — asseverou a mulher, cuja face denunciava já alguma idade.

— Notei, senhorita, que as apostas estão em alta.

Clotilde olhou para Mário e balbuciou.

— Poxa, doutor, sei que o bicho é ilegal, mas tenho de sobreviver e o ponto faz sucesso.

— Não quero saber das suas dificuldades, Clotilde, mas tenho uma proposta pra te fazer. Uma aposta.

Algumas pessoas que estavam próximas se chegaram.

— Podemos ouvir, doutor? — perguntou um senhor.

— Podem.

— Qual é a aposta? — perguntou Clotilde.

Mário Barcelos mirou sua pequena audiência e falou pausadamente.

— Se apontar quem estava na mesa na hora em que aconteceu o disparo, se disser o motivo e encontrar a arma, você me diz o nome do atirador? De qualquer forma, quando finalizar vou chegar nele, porém, se me disser dou um jeito, mas aposta é aposta. Casou, terá de honrar. Aceita?

O grupo de quatro pessoas ficou ao lado de Clotilde. Uma mulher falou convicta, olhando para os outros três.

— Aceite, Clotilde — disse a mulher.

— Tudo bem — respondeu Clotilde.

Mário Barcelos se afastou, mas pediu que o grupo não se dispersasse, e ele mesmo ficou observando. Falou comigo alguns minutos, gesticulando e mostrando elementos conectivos que estavam presentes e que serviriam para elucidar o caso. Voltamos Mário e eu, para falar com Clotilde.

— A senhora serve o que cotidianamente no cardápio? — perguntou Mário para Clotilde.

— Feijão tropeiro, churrasco, salada, vinagrete.

— Então hoje é um dia especial?

— Especial?

— Na panela maior, o pernil está no ponto, e nas duas travessas tem molho de camarão, feito com os graúdos. É um jantar que poucos poderiam pagar, principalmente o molho de tomate caseiro, pelo preço que estão cobrando do tomate. E os pimentões recheados? Devem ser uma especialidade sua, tenho certeza. Os pratos estão servidos, e todo mundo estava comendo os pimentões despreocupados quando uma motocicleta chegou. Vê as marcas? Isso foi há pouco. Daqui a algumas horas, sumirão. Bem, vamos lá. Carlos?

O velho que estava ao lado de Clotilde olhou para Mário e para mim.

— Sua camisa está com as gotas do molho de tomate — falei.

Um sujeito afastado fez um movimento sutil com os olhos, buscando os resquícios de eventuais pingos, assim como um casal, cujo homem avaliou a roupa da mulher.

Todos foram convidados para se juntar a Clotilde.

— Estamos em novembro, logo é Natal, e notei que sua banca já tem alguns ornamentos. Lembrei que os caminhoneiros continuam com a greve e li em algum lugar que as aves de época vão faltar nas mesas, mas os pernis, não. Foi quando olhava a placa e as gotas do sangue que pingaram na mesa. O entregador tinha acabado de lhe entregar o prêmio do rateio, mas a festa patrocinada já tinha sido organizada. Os pratos comuns estão guardados, e os talheres são de um conjunto que você trouxe e guardou. A caixa está ali, vê? Os copos também, tulipas de cristal. Copos de Natal. Observei o canhoto das apostas e a tabela dos resultados. Dezoito horas sortearam peru na cabeça. E sua placa de serviço é 7980. Peru. Milhar. A arma está naquela panela, pois os seus olhos não saíram de mim, e certamente o interesse não era eu comer o que tinha dentro, mas ver. A aposta foi alta e fizeram um bolão, depois ratearam com a Clotilde o valor. Quinze mil, afinal, são demasiados mesmo para um jantar tão suntuoso.

Eu observei o bloco de anotações de Clotilde que Mário havia lhe entregado.

— E o ladrão? — perguntou Emerson.

— Eles o convidaram para comemorar essa sorte — respondeu Mário.

— Como o senhor sabe disso? — questionou Clotilde.

— A irmã falou que ele precisava da moto, ela perguntou o motivo e o coitado disse que tinha deixado uma conta a ser paga na banca da Clotilde. Ele estava aqui, mas vocês falaram o motivo da comemoração. Planejou rapidamente o golpe, mas não contou com a arma que o entregador do prêmio portava. Ele já tinha te entregado o dinheiro, e ficou aguardando sentado afastado, naquela cadeira atrás da banca. Não devia estar com fome ou simplesmente não gosta de pernil. O ladrão puxou a alça da bolsa e feriu seu pescoço, mas foi tempo suficiente para o entregador levantar e se aproximar, disparando uma vez apenas. Não sei onde a moto foi colocada, mas seria melhor devolvê-la para a dona legítima.

Depois que nos afastamos de Clotilde, perguntei:

— E o atirador?

— Sim, o atirador — repetiu Mário.

Mário caminhou para o soldado que ficou conversando com a irmã do morto, mas que naquele momento estava sozinho.

— Boa noite.

— Boa noite — respondeu o soldado.

— Meu nome é Mário e o do meu parceiro aqui é Emerson, caso tenha esquecido.

— Soldado Cristóvão.

— É bom estabelecer um contato mais pessoal nessas situações.

— Que situações? Com violência estou acostumado — disse Cristóvão, usando um tom de orgulho que soou duvidoso.

— Notei que você desceu a rua e retornou com uma garrafa de água para a garota ali, a irmã do morto.

— Tenho uma tia que mora aqui perto, cresci nestas ruas, mas não moro aqui atualmente.

— Você e o morto ali deitado são da mesma geração, digo, têm idades bem próximas.

O soldado não virou a cabeça para o defunto.

— Quando a guarnição chegou aqui, o coitado ainda estava vivo?

— Quem?

— Ele, o ladrão — apontou Mário.

— Não, senhor, já tinha morrido. Aliás, o SAMU apareceu antes e constou o óbito.

— Sei. Você podia me explicar uma coisa?

— O que tu quer saber?

— Esse não é mais teu horário de serviço, sei disso por causa do relatório que fazemos e o sargento responsável informou a equipe presente, mas avisou que você está prestando auxílio por morar na região.

— Isso é verdade. Não disse que já morei aqui e que minha tia tem casa na rua?

— Por isso então que não está usando o colete padrão?

— Tirei, estava com calor.

Cristóvão olhou para mim e depois para Mário, então foi baixando os olhos e notou a mancha na camiseta interna, encoberta pela camisa do uniforme. Uma mão impressa com tinta escura ou sangue, uma mão na qual faltava um dos dedos. O dedo anelar.

— Eu...

— Você estava de costas para a mesa e sentou no banco aguardando o desenrolar de tudo. Afinal, quantos prêmios já entregou sem nenhum problema? Mas o instinto das ruas é poderoso, e quando a moto freou você não pensou nem refletiu, apenas agiu. Depois que soube em quem tinha atirado, tentou socorrê-lo, mas você sabia que não havia salvação.

— E agora? — perguntei.

— Vá embora, soldado, mas se alguém denunciar aconselho você que se entregue. Fale a verdade e deixe a justiça se pronunciar.

O soldado saiu cabisbaixo, mas a conversa passou despercebida pela multidão, exceto os outros envolvidos, que intuíam o que tinha se passado. Clotilde passou a mão no pescoço, que apresentava uma abrasão bastante evidente nesse momento. Mário Barcelos falou baixo e conversou com Clotilde reservadamente, certamente acertando algo sobre o soldado Cristóvão.

Aquela não seria a derradeira vez que veria o analista, que era como o chamava, em ação.

A ENCRUZILHADA DE ERNESTO TOLEDO

POR CEGINARA

Naquela pequena cidade, no oitavo andar do antigo prédio, onde se encontrava o Departamento de Polícia, havia uma sala acanhada e fria onde Ernesto Toledo, um investigador esforçado, passava infindáveis horas de seu dia. De sua ampla janela, ele via o movimento caótico da principal avenida e, sobre sua desgastada mesa de trabalho, inúmeros papéis se acumulavam, empilhados, em sua maioria, abordando casos não solucionados. Há 23 anos esse detetive só investigava casos menores, como brigas de bar, arrombamentos de portas em casas desocupadas e roubos de menor expressão. Tudo o que sempre desejou foi receber um caso relevante que explorasse, no seu entender, sua real capacidade. Porém, o cardiologista, em seu último *check-up*, havia lhe dado um ultimato, pois seu coração estava fraco. Era preciso mudar de vida, encarar a aposentadoria precoce para usufruir do tempo que lhe restava. Não era isso que ele queria, mas seus colegas já davam como certa a sua despedida, e ele permanecia na sua sala, atolado em uma pilha de papéis, à espera do que poderia surgir nos dias que antecederiam o seu desligamento.

O despertar do assassino

A faca estava encoberta em meu traje. Escolhi uma bem afiada, de cabo pequeno e boa empunhadura. Minhas mãos tremiam diante da perspectiva, mas havia um objetivo e iria cumpri-lo. Eu iria pegar naquele metal frio e tirar uma vida. Melhor que fosse uma alma perdida, aquela que ninguém sentiria falta, não haveria quem por ela chorasse ou se apiedasse. Logo tive certeza de quem seria. Ali, no beco a minha frente, um indigente inebriado estava largado no chão, próximo a restos de sacos de lixo abertos. O cheiro em minhas narinas tornou-se o combustível necessário para me impulsionar ao ato diante da repulsa que sentia. Investiria nele com extrema voracidade, para o quanto antes me afastar. Minha vítima estava indefesa. Nada o despertaria, seu olhar de pavor não me encararia. Então, com um golpe certeiro, ceifei seu pescoço, vendo seu sangue jorrar sem que nenhum ruído fosse emitido.

A grande oportunidade na carreira do detetive

Na primeira hora da manhã, chegou a notícia do assassinato no beco. Um novo caso que precisaria ser investigado. Dessa vez, seria Ernesto Toledo o escolhido, já que seu colega Ricardo estava ausente, em outra cidade, finalizando a investigação de um caso já dado como solucionado. Seu chefe aparece, olha diretamente em seus olhos e lhe passa a missão. Ernesto sabe que ele não seria sua primeira opção, mas sua disponibilidade imediata para aquela diligência falou mais alto. Estava exultante. Esse seria o caso perfeito. Faria dele o *gran finale* almejado. Todos se surpreenderiam com a maestria com a qual Ernesto o resolveria. Prontamente ele iniciou seu trabalho, estava motivado. Foi ao local para recolher as provas, determinar os fatos. A área onde o corpo fora encontrado já havia sido isolada. Apresentou-se e foi apurar com o policial que atendia o chamado para recolher as informações que ele já havia levantado. Como esperava, no horário e local da execução, ninguém trafegava naquela região para que uma atrocidade dessas se fizesse notar. Não havia testemunha ocular. A infeliz vítima estava sozinha. A facada em seu pescoço fora mortal, ela não teve tempo de esboçar nenhuma reação. Próximo ao corpo, havia um abrigo feito com folhas de jornal e, saindo daquele amontoado, um par de tênis se destacava, o que poderia indicar a presença de outro elemento, um culpado talvez, porém, o que se via claramente à luz do dia era que mais nada havia que induzisse a essa perspectiva. As peças não se encaixavam e só a *causa mortis* não seria suficiente para que o crime fosse desvendado. Quem poderia ser o responsável por essa crueldade? O detetive precisaria de mais tempo.

Rita nunca estivera tão envolvida com os preparativos para a festa de aniversário surpresa de sua melhor amiga. Já havia combinado com seus amigos que o encontro seria à noite, no apartamento da aniversariante, Fabíola. O seu namorado, Pedro, e o da sua amiga seriam os cúmplices. Eles teriam que ocupá-la na maior parte do tempo para que ela não desconfiasse do festejo e tudo pudesse ser providenciado: decoração, comida, bebidas, músicas. O ápice viria quando ela retornasse para casa e veria todos a sua espera. Rita havia se dedicado com esmero. Queria propiciar à amiga esse presente. Mal teve tempo de se arrumar e quase chega atrasada para se juntar a eles no cinema em que tinham combinado de se encontrar. Após a sessão, ela deu uma desculpa para a Fabíola dizendo-lhe que precisavam, antes de irem jantar, retornar ao apartamento. Não demorou muito e tudo aconteceu. Foi especial demais! A festa começou em plena harmonia, mas Rita percebeu que Pedro estava com olhos fixos em um corpo que não era o seu, portanto, logo uma discussão aconteceu, e o desdém de Pedro com a situação a exaltou. Não havia mais clima. Ela não queria que a amiga se chateasse com suas desilusões amorosas e, por isso, resolveu deixar sorrateiramente a festa enquanto todos se divertiam, não sem antes romper com o cafajeste do seu namorado, deixando-o lá com a certeza de que não haveria retorno. Ela saiu e foi enfrentar as ruas, que já se encontravam desertas e silenciosas devido à hora avançada, mas eram apenas algumas quadras que a separavam de seu destino, portanto, julgou não correr grande risco. Infelizmente, ela jamais chegaria, pois seria em outro local que seu corpo descansaria.

Prazer por uma nova vítima

Eu desejava uma nova oportunidade. Eu já tinha realizado meu propósito, mas algo em mim havia despertado e eu já não conseguia mais conter a expectativa que uma nova vítima me trazia. Ela seria mais que bem-vinda. Foi quando eu a vi, solitária, indefesa, saindo de um prédio, andando pela noite vazia. Ela iria suprir minha necessidade imediata e eu imporia meu desejo na hora exata. Comigo estava novamente a mesma faca, pois a ela já me acostumara. Percebi o momento oportuno para avançar, meus músculos imediatamente se contraíram para executar, com força e velocidade, o golpe fatal assim que ela diminuiu o ritmo e chegou à esquina. Eu agarrei-a por trás. Foi fácil demais. As pernas se debatiam, mas não me impediam de prosseguir. Com um braço em seu pescoço, puxava-a em minha direção, enquanto o outro, livre, desferia a facada em seu coração. Nenhum gemido foi ouvido, apenas a pulsação que silenciou logo após eu obter êxito em meu intento. Lágrimas quentes ainda escorriam por seu pescoço quando as pálpebras se fecharam, levando-a para o sono permanente que eu lhe infringia. Depositei seu corpo atrás da escada lateral do prédio que nos encobria. Só ao amanhecer a descobririam. Tudo saíra conforme eu queria.

O detetive confuso diante do padrão que se repetia

Uma nova vítima fora encontrada. Mesmo desfecho, um único golpe fatal foi desferido com arma branca, mas, dessa vez, o local alvejado fora o peito e o corpo deixado a esmo na rua, sem a preocupação em escondê-lo. Ernesto Toledo já havia conversado com os integrantes da festa em que ela havia comparecido em seus últimos momentos de vida. O namorado da vítima relatara um desentendimento e, por isso, ela havia saído do evento. Ele seria o principal suspeito se todos na festa não lhe servissem incontestavelmente de álibi. O assassino do beco estava em evidência novamente enquanto o chefe do detetive lhe cobrava a solução. Sua investigação não estava levando ao desfecho no tempo esperado. Ele precisava resolver essa questão. Ricardo, seu amigo, estava à disposição e poderia assumir esse caso. Ernesto, porém, tinha que se empenhar mais, antes que essa investigação escapasse de suas mãos.

A ira como combustível para a próxima vítima

À espreita, eu estava naquela esquina, à espera de uma vítima bem definida. Foi quando vi aquele vulto baixo, corpulento, barba por fazer e de nariz empertigado, que, sem esforço, equilibrava seus óculos quadrados. Ele estava sozinho, indo em direção ao parque para, certamente, cortar caminho até o estacionamento naquele fim de noite fria e tranquila. Não importava a pressa com que ele se deslocava. Eu iria caçá-lo. De mim, ele não escaparia, não quando meu sangue pulsava à medida que dele me aproximava. Vi o momento em que ele parou para acender seu cigarro. Foi quando resolvi me aproximar, para que o esforço necessário fosse plenamente usado com minha faca, já bem afiada, com o intuito de silenciá-lo. No instante em que ele soltava a primeira baforada daquela fumaça desagradável, pus-me a sua frente, e, para seu espanto, desferi o primeiro golpe, certeiro em seu peito. Minha mão não se deu por satisfeita. Ele caiu e em cima dele montei, disparando freneticamente mais golpes. A faca entrava e saía sem engasgos, mesmo diante de ossos quebrados. Não me ative apenas ao tórax. Sua face prepotente jazia desfigurada. Eu sequer me importava com o sangue que em mim jorrava. Ele estava liquidado.

A pressão sobre o detetive tornou-se insuportável

Todo o departamento de polícia fora acionado naquela madrugada. Um colega havia sido cruelmente executado. As rádios locais já anunciavam a atrocidade fazendo alarde. As manchetes dos jornais e as redes de TV não tardariam em dar destaque ao assassino da faca. Nada nesse caso ia bem, realmente nada. Quando o detetive chegou ao local, havia sangue por toda parte. Era o corpo de Ricardo que estava destroçado e que só fora inicialmente identificado pelo porte de sua insígnia. Ele havia sido executado com intensa crueldade. Todos questionavam se Ernesto Toledo já tinha pistas conclusivas, mas ele nada poderia dizer-lhes, não ainda. Naquele momento, ele se encontrava em uma terrível encruzilhada. Seu chefe estava visivelmente transtornado. A investigação não havia evoluído, levado a um suspeito, e um colega havia sido brutalmente assassinado. Seu tempo tinha se esgotado.

O medo tomou a cidade. Seus habitantes não acreditavam no que estava sendo anunciado. Havia um assassino em série perambulando livremente entre eles. A polícia local não apresentava provas contundentes. Nenhum suspeito estava sendo interrogado. Tudo parecia incompreensível. Como alguém comete atos vis sem que ninguém o dedurasse ou que ele cometesse um deslize que o incriminasse? As respostas dependiam de um único investigador e ele enfrentava seu derradeiro tormento.

A libertação só viria com a próxima vítima

Nada mais importava. Eu iria acabar com a perseguição que esse maldito investigador proporcionava ao meu encalço. Ele queria me cercear, limitar minha liberdade, aprisionar-me, mas isso acabaria hoje. Ele não iria mais me impedir, sufocar nem reprimir. Finalmente eu estaria livre dessa submissão. Por isso estava obstinado. Entrei no prédio do Departamento de Polícia sem titubear. Sabia onde encontrá-lo, então comecei a subir os lances da escada de emergência que me levaria ao fatídico andar. Dessa vez, a faca não seria necessária. Não importava. Quando entrei naquela sala, soube imediatamente como o eliminaria ao colocar os olhos na imensa janela que ali existia. Eu senti o medo que minha presença lhe impunha e, diante daquele martírio... Joguei aquele corpo patético pela janela. Estava consumado!

Visto do alto, na calçada, jazia um corpo contorcido. Era do investigador e assassino, Ernesto Toledo. Desta vez, não se tratava de um homicídio, mas sim de um suicídio. Caso resolvido.

A VÍBORA DA MORTE

POR IONE MORAIS

LONDRES, INGLATERRA, 1908

— Esta é a Senhora Wood, Cindy Wood.

O homem claro de bigodes fartos estendeu a mão para cumprimentar a esposa de Lorde Wood.

— Que bela dama! Como não a tinha conhecido antes? — disse o anfitrião, o Conde de Chamberlain, passando a mão nos braços da esposa de Lorde Wood.

O conde era um rico bonachão, tipicamente inglês, que cortejava as senhoras casadas abertamente, como se estas fossem beldades em plena ascensão da idade. Era assim que ele denominava as mulheres que tinham passado dos trinta anos, mas que ainda conservavam o viço natural da pele.

— Não se empolgue tanto, conde! A moça já tem dono — disse a velha matrona, Senhora Smith.

— Dono não! Eu não tenho dono, tenho um esposo, que por sinal está vindo em nossa direção.

A Senhora Wood se afastou para que o marido se aproximasse.

— Oh, oh! Lorde Wood, venha ver o entusiasmo do conde ao sentir os hormônios que fervilham na face de sua bela esposa!

A Senhora Smith, que segurava um leque na mão e uma taça de Gin na outra, disparou seu veneno habitual para ver a reação do forte e corpulento esposo de Madame Wood.

— Não se preocupe, Senhora Smith, o conde já é conhecido por suas investidas... Mas ele não oferece perigo, não. É tudo efemeridade! — disse Lorde Wood, segurando a cintura de sua esposa, que sinuosamente pegava um drink de um garçom e o entregava para o marido, enquanto o conde tentava se retratar de sua malfadada ofensiva contra a Senhora Wood.

Cindy Wood parecia essas mulheres que eram estampadas em revistas de modas de luxo, como a *Lês Modess*, de Paris. Cabelos castanho-claros, ondulados, presos em um coque e levemente emaranhados. Os olhos cor de violeta eram o cartão-postal de seu rosto perfeito, e a boca sensual completava a paisagem que fizera muitos homens influentes se renderem aos seus pés. O Conde de Chamberlain estava certo ao enaltecer sua beleza e feminilidade. E o marido, Lorde John Wood, se casara tremendamente apaixonado por aquela ainda jovem e borbulhante mulher que ele conhecera em um bordel do norte da Inglaterra. Sua origem era um mistério para ele, que não quis saber de nada de seu passado. Apenas gostava de se sentir extasiado diante dela, principalmente quando ela o enlaçava com suas pernas fortes e torneadas, num jogo de sedução primoroso que acontecia somente entre quatro paredes.

A festa de inauguração do Edifício Bright Home se arrastava pelas altas horas da madrugada. O hotel de propriedade do Conde de Chamberlain ficava na Rua Cheyne Walk, no Kensington and Chelsea, e prometia ser um dos lugares mais festejados a serem inaugurados no início do século XX, em Londres. Enquanto algumas pessoas ganhavam dinheiro e esperavam para ver os primeiros jogos olímpicos que a cidade sediaria naquele ano, e os edifícios hoteleiros em Londres certamente estariam abarrotados de pessoas trazendo mais riqueza e prosperidade à capital da Inglaterra, outras tantas sofriam dos mesmos males que a maioria, a extrema pobreza que imperava nos quatro cantos da prolífera metrópole.

As luzes da manhã brilharam em meio à fosca imagem da ponte sobre o Rio Tâmisa, quando um grito estonteante ecoou pelo edifício.

— Arrrrrghhhh!

O som vinha de um dos quartos do terceiro andar. Possivelmente de uma das camareiras, pois a voz era de mulher.

— Ela está morta! Ela... Ela está morta! — gritava desesperada a moça, que vestia um uniforme branco e avental de cor verde. Na cabeça, usava um tipo de boina com as letras B & H em dourado brilhante. A marca do nome do Hotel Bright Home.

Os remanescentes da festa e o Conde de Chamberlain, que acordara subitamente de sua embriaguez, correram para cima e, horrorizados com a cena, colocaram a mão na boca, estupefatos.

— É a Senhora Wood! — disse o conde, ao ver o rosto retorcido da bela mulher que conhecera na noite anterior.

— E onde está o marido dela? — perguntou a Senhora Smith saindo de um dos quartos.

— Ele está lá no bar. Passou a noite inteira lá — disse um dos garçons que haviam trabalhado durante a festa.

— Mas quem será que fez isso? — indagou o conde.

— É melhor chamar a polícia — disse a camareira, em choque.

— Vou chamar o marido dela — a Senhora Smith ajeitou seu sobretudo sobre a roupa de dormir e desceu as escadas até o bar que ficava perto da escadaria.

— Meu Deus! — exclamou em alta voz ao tocar o ombro de Lorde Wood, que estava debruçado sobre o balcão.

— O que está acontecendo? — perguntou um dos convidados da festa que estava sentado em uma fina poltrona.

— Este homem está morto! — disse ela com o olhar estarrecido ao ver um minúsculo punhal com cabo de prata fincado na veia de seu pescoço.

— Senhora Smith, se afaste do cadáver! — a voz grave do comissário Donald Lawford fez com que a mulher vestida em um sobretudo vermelho se afastasse e olhasse para trás. O semblante de quem nunca vira um assassinato antes era perceptível no rosto assombrado da dama.

— Comissário, não é só ele que está… — disse a Senhora Smith, passando a mão no pescoço em sinal de degola.

— Não se preocupe, Senhora Smith. Daqui por diante, nós assumimos — disse o comissário, apontando para uma jovem loira e de aparência frágil que o acompanhava.

— Essa aqui é a Detetive Bela White e ela vai me acompanhar nesse caso.

Ao subir os degraus, a Detetive White foi observando cada detalhe no corrimão da escada e anotando em um bloco de notas. Quando entrou no quarto, deparou-se com a mulher seminua pendurada no lustre pelos pés e um minúsculo punhal enfiado na jugular. Os cabelos se arrastavam quase pelo chão e as mãos estavam amarradas para trás. A detetive estava vestida com uma saia de sarja preta semilonga e blusa cor de ferrugem. Embora parecesse querer esconder seu corpo, era difícil deixar de notar a beleza que havia por trás das pesadas roupas.

— Eu vi essa mulher saindo daqui pouco antes de ouvirmos o grito da camareira — disse um dos clientes que estava acompanhando de perto toda a movimentação que acontecia no interior do Bright Home.

O Conde de Chamberlain estava desolado. Tinha investido quase toda sua fortuna no hotel e não se conformava que justamente na noite de inauguração ocorreram dois assassinatos, e de pessoas importantes da sociedade londrina. Lorde Wood, dono de muitas propriedades. Ele, no entanto, era um boêmio que se agraciava com belas mulheres na corte e fora dela também.

Havia pouco mais de um ano conhecera a esposa, que lhe fora apresentada justamente pelo Conde de Chamberlain.

Quando o legista finalmente chegou para examinar os corpos, todos se afastaram para que ele pudesse realizar o trabalho.

— Pelo que me parece, o que realmente levou os dois à morte foi uma dose exagerada de veneno de cobra — explicou ele. — O punhal possui uma fissura na ponta, onde o assassino colocou o veneno. Quem fez isso não era amador. Trata-se de uma pessoa que sabia exatamente o que estava fazendo.

A Detetive Bela White, com a mão no queixo, observa tudo ao seu redor. Não havia sangue. Esse era seu questionamento ao legista.

— Não há vestígios de sangue!

— Não! O punhal foi introduzido e deixado no lugar para que estancasse, e o veneno da víbora de Russel matou-os em questão de segundos, pois a quantidade injetada coagula o sangue quase que imediatamente.

— Está mais inclinado de que o assassino seja uma mulher, por causa do punhal e do minucioso trabalho feito aqui — disse Bela White ao comissário Lawford.

— Mas, se o que diz o cliente for verdade, não condiz com a hora da morte, pois segundo o legista, ela morreu entre três e quatro horas da madrugada. E ele disse tê-la visto sair do hotel aproximadamente às seis horas da manhã — comentou ele, fazendo as considerações.

— Vocês não vão acreditar, mas essa mulher está usando uma máscara — disse o legista, retirando a pele do rosto do cadáver, que a essa altura já tinha sido colocada sobre a cama, adornada com lençóis de cor marfim.

— A Bruxa de Crags! — exclamou a detetive e, num sobressalto, saiu do quarto e desceu as escadas.

Então, parou por alguns segundos diante do corpo inerte de Lorde Wood estirado no chão do grande salão e depois saiu pela porta. O comissário a seguiu. Os dois entraram no carro e foram rumo ao subúrbio de Londres. Eles sabiam que havia uma mulher que descendia de uma família envolvida em ocultismo conhecida por Bruxa de Creswell Crags, que produzia réplicas perfeitas de rostos humanos. As máscaras são feitas de peles de cadáveres. Retiradas dos corpos, as peles recebem tratamento especial com uma série de substâncias que ela retira das florestas. E, usando técnicas muito modernas de curtimento, a Bruxa de Crags pode moldar o rosto de quem quer que seja.

Ao chegarem ao lugar onde ela morava, a detetive e o comissário entraram em um prédio degradante e encontraram-na sentada na varanda fumando um charuto.

— Onde ela está? — perguntou a detetive, demonstrando que já tinha em mente a solução do caso.

— Os olhos chorosos são, para quem os enxuga, uma fonte de mistério e enganação!

Ao dizer o enigma, a bruxa se levantou, debruçou-se sobre o parapeito da varanda e riu com ironia. Porém, a Detetive White logo matou a charada e correu para o carro novamente.

— Vamos! Rápido, comissário! O Conde de Chamberlain! Não se lembra? Ele chorava muito durante o depoimento da Senhora Smith.

Ao chegarem ao hotel, o conde estava descendo as escadas, pronto para fugir.

— Onde está a sua comparsa, Senhor Chamberlain? — perguntou o comissário, dando voz de prisão a ele.

— Está na torre! — respondeu ele, referindo-se ao último andar do prédio, onde tinha um quarto reservado apenas para si.

O comissário e a detetive subiram rapidamente pelas escadas do grande Hotel Wright Home e encontraram a mulher sentada numa cadeira, na varanda de frente para o Rio Tâmisa.

— Estava aqui a admirar esta linda paisagem, antes de ir parar nos calabouços das fedorentas prisões inglesas — ao dizer isso, ela se virou com uma arma em punho, mas foi detida por um tiro da Detetive White, que acertou em sua mão.

— Essa aí não mata mais ninguém, comissário! Cindy Wood, na verdade, é Celyne River, prostituta escocesa de luxo, uma assassina em série que usa de sedução para enredar seus parceiros, convencendo-os a dar-lhe toda sua fortuna. Ao passo que depois de conseguir o que quer os mata com um pequeno punhal de prata encharcado de veneno de serpentes.

— E o Conde de Chamberlain? Qual o envolvimento dele nessa trama toda? — perguntou o comissário.

— Ele é Sebastian Chamberlain. Conheceu Celyne em um prostíbulo na Escócia. Depois de ser quase morto, ele mesmo a persuadiu a acompanhá-lo e usar sua beleza para encantar os nobres, e assim arrancar deles a riqueza e a vida. Para isso, a instalou em um bordel de luxo no norte da Inglaterra, frequentado por homens ricos e da nobreza. John Wood é o quarto marido morto por ela, e em todos os casamentos usava um codinome diferente.

— E a jovem lá em cima? — quis saber a Senhora Smith, descendo vagarosamente as escadas e encarando o conde fixamente.

— Uma pobre convidada que teve a má sorte de cruzar o caminho da Víbora da Morte! — disse o comissário, com olhar compenetrado.

Após algum tempo, a prisioneira denominada Víbora da Morte recebeu uma visita inesperada.

— A quem devo anunciar, senhora? — perguntou o oficial de dentro dos pesados portões de aço da prisão.

— Justine River...

O ÚLTIMO SERMÃO

POR TAUÁ LIMA VERDAN RANGEL

> "Bem-aventurados os pobres de espírito, porque deles é o reino dos céus;
> Bem-aventurados os que choram, porque eles serão consolados;
> Bem-aventurados os mansos, porque eles herdarão a terra;
> Bem-aventurados os que têm fome e sede de justiça, porque eles serão fartos;
> Bem-aventurados os misericordiosos, porque eles alcançarão misericórdia;
> Bem-aventurados os limpos de coração, porque eles verão a Deus;
> Bem-aventurados os pacificadores, porque eles serão chamados filhos de Deus;
> Bem-aventurados os que sofrem perseguição por causa da justiça, porque deles é o reino dos céus [...]"

Augusto ficou horas a fio repetindo para si mesmo a passagem contida no capítulo 5, versículos 3 a 10, do Evangelho segundo São Mateus. A experiência de pouco mais de dez anos como policial civil e investigador não poderia deixá-lo enganado. Algo estava gritando, em seu inconsciente, sobre as informações apresentadas mais cedo pelo delegado, Dr. Antônio. Simplesmente, o quebra-cabeças não conseguia fechar. Peças estavam colocadas no lugar errado.

Com os olhos fixados no organograma, Augusto percorreu toda a extensão, de maneira milimétrica. Parecia que alguma coisa sobre o caso não fora, ainda, identificada por seus superiores. Revendo as fotografias das duas cenas dos crimes, Augusto chegou a pensar que os policiais que atenderam a ocorrência poderiam ter comprometido toda a cena do crime. Aliás, era bem comum que, pela falta de informações, vestígios e provas fossem perdidos ou comprometidos pelos policiais que atendiam as ocorrências preliminarmente.

— Teixeira! Venha até aqui. Ajude-me, com os seus olhos, a avaliar essas fotografias — disse Augusto.

Teixeira, ou melhor, Carlos Luiz Teixeira, era um investigador com mais de vinte anos de serviço de investigação. Era conhecido por ser uma pessoa preguiçosa e dada a pouco trabalho, mas, ainda assim, tinha um bom coração, o que contrastava com o seu gênio forte e explosivo. Os cabelos grisalhos, as olheiras acentuadas e a barriga proeminente compunham o perfil do policial que fora destacado para Augusto, pelo delegado, para auxiliar no rumo que as investigações tomariam.

— Sério isso, Augusto? Você só pode estar de brincadeira comigo! São quase três horas da madrugada. Estou com fome e morrendo de sono. A última coisa que eu quero ver são os conjuntos de fotos dos homicídios. Além disso, não há nenhum suspeito para que possamos começar a colher provas. Estou te falando, a minha experiência diz que isso não vai dar em nada e os homicídios serão arquivados por falta de provas.

— Para de enrolar. Vem logo.

Teixeira, ao perceber que Augusto estava claramente contrariado com tudo aquilo e com os olhos determinados em tentar encontrar algum indício, aproximou-se, a contragosto, das imagens. De costas, Augusto iniciou um *check-list* de alguns aspectos que julgava importantes para compreender todo o caso e, com isso, poder encontrar um fio condutor para guiar, mesmo que inicialmente, o rumo que as investigações deveriam tomar.

— Teixeira, eu vou começar a enumerar alguns aspectos e você vai conferindo no relatório preliminar apresentado.

— Sim, tudo bem. Mesmo você insistindo, eu vou te alertar que não vamos conseguir encontrar nada.

— Tudo bem, tudo bem. Ainda assim, eu quero tentar.

Os dois policiais se colocaram diante de sete conjuntos de fotos que retratavam, até aquele momento, o sermão das bem-aventuranças realizadas pelo assassino.

— Há algo que estamos deixando passar. Não há outra explicação cabível! — exclamou Augusto.

— Não sei ao certo o que não estamos percebendo. Só sei que estou com fome e com sono. O meu raciocínio nem consegue funcionar quando estou assim — rebateu Teixeira.

— Meu amigo, vamos nos esforçar. Tenho certeza que o teu olhar aguçado vai conseguir me ajudar. Vamos estabelecer a cronologia dos crimes e ver se algo passou despercebido diante de nós.

— Se você insiste, vamos lá.

— Até o momento, conseguimos identificar que o *serial killer* mantém um padrão no *modus operandi* como comete o crime: o primeiro são os olhos arrancados de maneira brutal e, de acordo com o médico legista, ainda com as vítimas vivas. O segundo é uma marca feita a ferro quente na altura do peito com o sinal de duas chaves cruzadas entre si. O terceiro, por fim, a presença de um pequeno pedaço de papel nas mãos das vítimas.

— Perfeito, Augusto, conseguimos estabelecer os pontos comuns a todos os sete crimes. Ainda assim, isso não traz nenhuma novidade ao caso, pois desde as duas primeiras vítimas foram reconhecidos esses pontos em comum.

— Claramente, o assassino quer passar uma mensagem. É uma espécie de pregação. Ele está usando as vítimas para poder pregar para nós. A primeira vítima está relacionada à punição daqueles que exploram os mais fracos, ou seja, um empresário conhecido pelas más condições de trabalho; a segunda vítima, por sua vez, é a ira de Deus sobre aqueles que causam maldades, ou crimes, aos inocentes.

Coçando a bochecha esquerda, Teixeira, mesmo compreendendo a linha que Augusto estava tentando estabelecer, não conseguia, em um primeiro momento, auxiliar no perfil que o suspeito poderia apresentar.

— Augusto, considerando que o suspeito está utilizando a passagem de Mateus das bem-aventuranças, podemos dizer que ele possui um perfil religioso? Ou, ainda, que tem conhecimento sobre a Bíblia?

— Sim, concordo com você. Ele, com certeza, possui alguma formação religiosa, mas há um ponto que está passando despercebido por nós. Não é somente a utilização da passagem de Mateus. Se formos pensar no significado das bem-aventuranças, podemos dizer que o suspeito se coloca como se fosse a própria mão vingativa de Deus. Ele deve se considerar um justiceiro ou uma pessoa que possui uma missão.

— E o sinal das chaves marcadas a ferro no peito das vítimas?

— Teixeira, eu estou pensando nisso. Acredito que as chaves são outro simbolismo. Em todos os casos, as vítimas cometiam suas condutas de forma sigilosa, quer seja na exploração dos funcionários, quer seja no estupro. Partindo da ideia de que as chaves abrem as portas, podemos pensar que o suspeito deve utilizá-las para dizer que os segredos serão revelados. Ou, ainda, o que as vítimas faziam às escondidas, de algum modo, será colocado à mostra para que todos possam ver.

— Concordo com você.

— A vítima *um* era um empresário bem-sucedido e em franca ascensão econômica, conhecido na região pela exploração da mão de obra dos empregados e das péssimas condições de trabalho oferecidas. A vítima *dois* era um conhecido estuprador e que tinha condenação por seis crimes sexuais, além de ser suspeito de outros oito. A vítima *três* era um marido violento reconhecido, na região em que morava, por agredir a esposa, que já contava com mais de cinco medidas de afastamento.

— Correto, Augusto!

— A vítima *quatro* era um advogado associado ao tráfico de pessoas e conhecido na cidade pela compra de sentenças e corrupção do Poder Judiciário. A vítima *cinco* era uma socialite famosa da cidade que, diante das câmeras, era reconhecida por seu trabalho filantrópico e, no oculto de sua residência, mantinha empregadas em condições desumanas. A vítima *seis* era um pastor da região da periferia da cidade que vinha ascendendo como líder religioso e estava envolvido, ao mesmo tempo, com o tráfico da comunidade. Por fim, a vítima *sete* era um militante da causa das minorias e pregava a paz na sociedade e, em sua vida secreta, era envolvido com a exploração sexual de crianças e adolescentes.

— De fato, são sete anjos injustiçados — disse Teixeira, com um tom sarcástico na voz.

— Bem, ainda que não fossem anjos, isso não justifica os crimes cometidos contra eles. Estamos, aqui, para identificar o culpado e levá-lo perante a Justiça para ser julgado.

— Pensando bem, Augusto, o nosso "amigo" está fazendo algo útil. Afinal, as sete vítimas possuíam vidas paralelas e causavam um grande mal aos semelhantes. Ele apenas revelou isso em forma de assassinatos.

— Teixeira, eu vou fingir que não ouvi isso. É melhor nos concentrarmos nos detalhes e nas pistas deixadas em cada um dos homicídios. Não devemos pensar se ele agiu certo ou errado, mas sim que ele agiu contra esta vítima e, por isso, deve ser punido.

Os dois policiais permaneceram na sala olhando os detalhes de cada uma das fotos por mais algumas horas, reanalisando todas as pistas e anotações dos casos colocados diante deles. Sete homicídios já foram cometidos e faltava apenas um para que o assassino das bem-aventuranças pudesse finalizar o seu sermão tão elaborado.

Cerca de oito horas da manhã, Teixeira entrou sem ar na sala em que Augusto estava e anunciou uma nova chamada. Haviam encontrado um corpo com o mesmo *modus operandi* na região do porto da cidade. Em sobressalto, os policiais seguiram em direção ao local indicado por Teixeira a fim de encontrarem a última vítima do assassino. Depois de quinze minutos dirigindo, a viatura parou em um antigo armazém na zona portuária, afastado de tudo.

Os dois policiais desceram com cautela e foram em direção ao interior do armazém. O sol já estava elevado nos céus. Augusto correu os olhos por toda a extensão do espaço e não viu a presença de nem uma outra pessoa, além dele e de Teixeira. No chão, o policial verificou que havia o último versículo das bem-aventuranças, ao lado do instrumento com os símbolos das chaves.

— O seu problema, Augusto, é que você tem muita sede de justiça.

— Então, Teixeira, é você o assassino.

— Não. Eu não sou assassino. Eu sou apenas o arauto de Deus.

— Você está fora de si.

— Não, Augusto, estou lúcido e cumpro a vontade de Deus. Você será o meu último sermão: "Bem-aventurados os que sofrem perseguição por causa da justiça, porque deles é o reino dos céus" — disse, com a voz pausada e fria.

Augusto, mesmo abaixado, sentiu que Teixeira iria investir contra ele em um golpe. Os reflexos, porém, foram mais rápidos e acertaram em cheio o coração do velho policial. De maneira instintiva, Augusto conseguiu ferir mortalmente o assassino das bem-aventuranças.

A ÚLTIMA BIRTES

POR SIMONE PAULINO

Fazia pouco tempo que eu havia retornado a residir no 221B da Baker Street. Naquele sábado, Holmes folheava o jornal, os olhos atentos e a mente, a mais aguçada daquele século, trabalhavam na busca de algo que pudesse vir a ser um caso. Passava as folhas do jornal com violência, resmungava sobre a obviedade dos casos em destaque nas páginas policiais e declarava veemente indignação sobre a incompetência da Scotland Yard.

Em silêncio, eu o observava enquanto tomava meu chá. Anos de convívio me fizeram compreender as explosões de Holmes. No entanto, depois de viver um cotidiano marital, com minha doce e precocemente falecida Mary, eu me sentia, pela primeira vez, estranhamente incomodado com os hábitos do meu amigo.

De repente, Sherlock bateu com o jornal sobre a mesa e exclamou:

— Aqui está!

Observei o jornal aberto com curiosidade comedida.

— No obituário?

Holmes me lançou um olhar irritado e com o dedo longo apontou para o trecho que anunciava o velório de um tal Sr. Birtes, que morava não muito longe.

— Conhece o falecido?

— Eu ficaria feliz em conhecer alguém que acaba de morrer pisoteado por cavalos? — inquiriu ele, levantando as sobrancelhas.

Decerto Holmes tinha gostos peculiares que iam desde a cocaína até experimentos com corpos no necrotério. Não me pareceria estranho que ele revelasse alguma felicidade por conhecer alguém que acaba de morrer.

— Este homem morreu atropelado por um cocheiro desgovernado — explicou o meu amigo, num tom professoral. — Há cerca de um mês vi um obituário bem parecido com esse e sabe qual era o sobrenome da vítima?

— Birtes — arrisquei, fazendo Holmes dar um leve sorriso.

— Sabe o que isso significa? — ele me questionou.

Desta vez, eu não tinha nenhum palpite e limitei-me a sacudir a cabeça. Sherlock ergueu o dedo indicador e, como um profeta, disse:

— Que receberemos a visita de um Birtes.

Não fazia nem meia hora da predição de meu amigo e Sra. Hudson bateu à porta. Tínhamos visita. Uma mulher de cabelos loiros e rosto pálido adentrou a casa e, antes que ela dissesse qualquer coisa, Holmes falou:

— Srta. Birtes, acredito que tenha vindo em busca dos meus serviços por causa da morte do seu pai e do seu irmão.

A moça se sentou e franziu as sobrancelhas.

— Como o senhor sabe disso?

O detetive deu um leve sorriso. Eu sabia o que estava prestes a acontecer: ele começaria a mostrar as engrenagens da própria mente funcionando.

— Não é óbvio, Watson? — questionou-me, apesar de saber que, para mim, seria impossível inferir qualquer coisa sobre a Srta. Birtes.

— Ora! — exclamou ele, com falsa irritação. — Duas pessoas próximas à senhorita falecem em uma trágica e semelhante circunstância, o que desperta, claro, suas suspeitas. Não é um caso ao qual a Scotland Yard iria dar atenção, afinal, ambas as mortes foram classificadas como acidentes. Sendo um caso dispensado por Lestrade e seus asseclas, era claro que a senhorita acabaria recorrendo ao único capaz de ver tais mortes como assassinatos.

A jovem o fitou, encantada, e indagou com curiosidade:

— Como o senhor sabia que eu sou senhorita?

— Simples — respondeu ele, sem qualquer modéstia. — É muito jovem, provavelmente a caçula. Não poderia ser a Srta. Birtes, pois, além de ser jovem, não tem nenhuma aliança em sua mão e nem marca de que uma aliança já tenha sido usada em seu dedo anelar.

A moça quase o aplaudiu, mas se conteve. Irritado, eu o desafiei:

— Poderia dizer o nome dela, já que sabe tanto?

Holmes me encarou. Eu apostaria meus olhos que ele não saberia responder aquela, no entanto, se o tivesse feito, hoje estaria cego.

Meu amigo sorriu para mim e depois para a moça e raciocinou:

— O pai era Marcel Birtes e o irmão, Michel Birtes, logo é bem provável que seja algum nome começado por — M —, dado a preferência familiar. Pelo nome do seu falecido irmão, é possível inferir que seus pais não gostam de nomes longos ou complicados, então acredito que seu nome seja Mary, Mary Birtes.

A jovem anuiu. Levantei-me irritado e Holmes esclareceu à Mary Birtes, que ficara confusa:

— Meu amigo, Dr. Watson, acaba de ficar viúvo e, infelizmente, a senhorita e a falecida compartilham do mesmo nome.

Ela me fitou com os grandes olhos verdes e disse com sincera tristeza:

— Sinto muito.

Isso fez com que eu sentasse novamente e acompanhasse o restante da entrevista.

— Conte-me — Holmes pediu a ela, inclinando-se no sofá e entrelaçando os dedos longos de uma mão na outra.

Mary limpou a garganta e começou a falar:

— Meu irmão, no mês passado, vinha chegando tarde em casa. Ele não era o tipo de rapaz que fazia isso, mas adquirira estranhos novos hábitos. Numa dessas madrugadas, quando já estava quase amanhecendo, Marcel estava na esquina de casa sozinho, quando foi atropelado pelos cavalos de um cocheiro descontrolado e então...

A voz da jovem ficou embargada.

— Ele morreu — Holmes disse rispidamente. — A senhorita viu acontecer?

Ela se limitou a sacudir a cabeça, enquanto as lágrimas corriam pelo rosto.

— Conte-me sobre seu pai — pediu ele.

— Sherlock, por favor — tentei intervir. — Talvez devêssemos dar a ela algum tempo.

O detetive sacudiu a mão rejeitando meu comentário e, dirigindo-se à entrevistada, repetiu o pedido:

— Fale do seu pai.

Ela aceitou o lenço que ofereci e, após limpar os olhos, contou:

— Meu pai também passou a chegar mais tarde nos últimos dias de vida. Também durante a madrugada acabou sendo atropelado por um cocheiro.

— O mesmo cocheiro? — Holmes questionou.

— Não.

— Obrigado por contar sua história — concluiu Sherlock, levantando-se e abrindo a porta —, mas não poderei ficar com o seu caso.

Mary olhou incrédula de mim para Holmes e ele explicou:

— Não posso trabalhar em um caso em que o cliente não compartilha todas as informações.

— Eu contei tudo! — gritou ela.

— A senhorita estava com seu irmão no momento da morte e também estava com seu pai — revelou o detetive.

Mary sacudiu a cabeça nervosa a cada palavra dele.

— Sim, a senhorita estava ou não teria certeza de que foram cocheiros diferentes nos dois atropelamentos.

A jovem escondeu o rosto com as mãos enquanto soluçava.

— O senhor tem razão!

Aproximei-me dela e fiz menção de tocar-lhe o ombro, mas Holmes fez sinal para que eu me afastasse. Ele trancou a porta e voltou a se sentar.

— A senhorita não deseja apenas saber quem os matou. Deseja outra coisa.

— Temo que me matem — revelou ela.

A mulher o encarou com o rosto manchado de lágrimas.

— Agora sim, temos um caso.

***

Na manhã seguinte, planejei ir à casa de Mary para ver como ela estava. Arrumei-me e, quando coloquei a mão na maçaneta, Sherlock observou:

— Há muito tempo não o vejo assim.

Meu amigo, como sempre, tinha razão. Desde a morte de minha doce esposa, passei a deixar alguns cuidados de lado. Meu bigode, antes sempre bem aparado, já havia perdido a forma há tempos e, nas tardes que eu não precisava estar no consultório, largava-me no sofá, encarando o teto.

— Fico feliz que tenha saído do estado de melancolia no qual a viuvez o deixou — Holmes continuou —, no entanto, acho imprudente destinar seus sentimentos a essa mulher.

— Não estou apaixonado por ela — defendi-me. — Apenas preciso ver se ela não corre perigo.

— Não disse que você está apaixonado por ela, meu amigo — argumentou o detetive —, mas você está e sempre esteve apaixonado pela sua Mary. E ela não é a sua Mary. Ela é uma mentirosa.

Saí irritado do apartamento, mas não fui à casa da cliente. Cheguei a pedir que o cocheiro me deixasse na rua dela, mas, sem coragem, desci ali e voltei caminhando em direção à Baker Street.

Ao chegar à esquina, esbarrei com um velho mendigo que, com um forte sotaque francês, pediu-me uma moeda. Apalpei os bolsos e tirei dali um xelim, que joguei na caneca do pedinte.

— Obrigado, Dr. Watson — agradeceu o homem.

Olhei-o com mais atenção e reconheci Holmes. Ele, sem deixar o personagem, saiu pela rua arrastando uma das pernas, como se deficiente fosse, e se aproximou da jovem Mary que estava numa banca de verduras.

Escondi-me entre duas construções e a observei falar com ele. Dali, eu não conseguia ouvi-la, mas vi que ela franziu o nariz ao ver o pedinte francês se aproximar. Ela exclamou algo e o enxotou.

Holmes voltou arrastando a perna na minha direção. Ele sabia onde eu me esconderia e eu não deveria estar impressionado com aquilo, mas estava.

— Foi o que eu imaginei — revelou ele. — Mary, está mais para suspeita que vítima.

Olhei para a jovem bela e sorridente com duas sacolas nas mãos. — "Do que ela poderia ser suspeita?", indaguei-me e, como se lesse minha mente, ele respondeu:

— Pedi a ela uma moeda. Falei em francês e ela me respondeu em um francês perfeito.

— Talvez ela tenha feito aulas de idioma. Muitas moças fazem.

— Os Birtes não são pessoas de posses. Percebeu que os vestidos dela estavam remendados e que as luvas estavam largas demais, como se não pertencessem a ela?

Sacudi a cabeça. Não havia percebido nada daquilo. A única coisa que eu notara é que Mary era uma jovem belíssima e estava assustada, com medo. Como a minha falecida esposa estivera um dia quando buscou a ajuda de Sherlock Holmes.

— Ela não é quem diz ser e ela não é a sua Mary — afirmou meu amigo, sacudindo a cabeça.

Holmes se distanciou sem sair do personagem. Eu não caminhei até a Baker Street, preferi ir ao encontro de Mary, no ímpeto de provar que Sherlock estava errado.

***

Bati à porta de Mary e a jovem me atendeu. Convidou-me para entrar e tomamos juntos uma xícara de chá.

A casa dela não era grande nem luxuosa, mas parecia confortável e com objetos bastante caros.

— A senhorita é francesa?

Mary Birtes deu um sorriso nervoso e negou:

— Claro que não! Quem disse uma bobagem dessas?

— Imaginei que fosse — afirmei, desviando-me do assunto.

— Sr. Sherlock achou algo? Estou tão apavorada com essa situação!

Aproximei-me dela e tive o desejo de beijá-la, mas neste momento bateram à porta.

Holmes entrou na casa. Não usava mais o disfarce de mendigo francês e, sem surpresa alguma, me cumprimentou.

— Solucionei o seu caso — afirmou sem preâmbulos.

Mary lançou para mim um olhar inquisitivo, no entanto eu também estava surpreso.

— Seu pai e seu irmão não morreram — revelou ele.

— É claro que eles morreram! — Mary retrucou.

— Eu pedi alguns favores ao coveiro e pude ver o corpo do seu pai.

— O senhor desenterrou o meu pai?!

— Sim, senhorita. O corpo está irreconhecível. Poderia ser seu pai ou qualquer outra pessoa.

— Eles estão mortos! — insistiu ela.

— Então por que comprou tantas frutas e legumes se a senhorita é apenas uma, Mary Birtes? Ou deveria chamá-la de Marie Ribet?

— Quem é Marie Ribet? — questionei, nervoso, sem compreender a situação.

— Marie é da família francesa Ribet. Golpistas franceses que vieram se refugiar aqui em Londres como os Birtes. Andaram matando cocheiros solitários para tomar o lugar deles e assumir novas identidades em outro país, mas Mary não conseguiria assumir a identidade de um cocheiro, não é mesmo? Seria mais fácil criar uma confusão documental e — assumir — a identidade de Mary Watson, casando-se com o meu amigo recém-viúvo.

— O senhor é lunático! — Marie o acusou e olhou para mim.

Eu via que ela estava mentindo.

— Na verdade, estou muito lúcido para não deixar que a senhorita use a dor do meu amigo para enganá-lo.

Antes que eu pudesse dizer alguma coisa, dois homens entraram na sala, vindos de um dos cômodos interiores. Era o pai e o irmão dela. Os homens partiram para cima de mim e Holmes. Não contavam, no entanto, que eu, como ex-combatente, apesar da claudicação, soubesse bater bem e pareciam desconhecer a fama de boxeador do meu amigo.

Os homens foram facilmente dominados e Mary, que quase escapara, foi interceptada por Lestrade, que acabava de chegar à casa. Apesar das divergências, Sherlock sabia o momento de usar a Scotland Yard.

***

Estávamos outra vez no 221B da Baker Street. Sherlock observava o jornal em busca de algo que merecesse alguma atenção. Não me senti incomodado com ele quando apontou para mim uma matéria de jornal e olhou-me inquisitivo quando não compreendi.

Aquele era Holmes, a mente mais ágil do nosso século, o amigo mais fiel da minha vida.

MORTE NO MUSEU

POR CARLOS ASA

Posto que a *vida* é a origem das manifestações humanas, ela não imita a arte, mas a arte retrata particularidades da *vida*, mesmo que em imagens desconexas.

Tudo que se deseja encontrar em um museu são obras que aprazem os desejos dos visitantes, mas às vezes o grotesco subverte a razão da existência dos ambientes.

As pálpebras do investigador teimavam em descer sobre os olhos. Cumprindo um turno de doze horas, ele estava havia bem mais em atividade. Depois de ter caçado um notório assassino, acreditava que qualquer ocorrência não poderia rivalizar-se com o sinistro encontro com o insólito. A cena a sua frente parecia desmentir sua certeza.

— Noite propícia para um crime — a observação do agente não lhe causou nenhuma reação. — Mais outro mistério para as crônicas da cidade grande.

— Não este.

— O quê? Não tem pista alguma.

— Precisa aprimorar seu faro policial, rapaz.

Desde que chegara, ele manteve a mesma postura, imóvel ao lado do corpo; seu silêncio conferia a impressão de completa ausência, mas seus sentidos tentavam suprimir os elementos comuns, para que os indícios principais sobressaíssem à aparente falta de vestígios.

— Ah, designaram você para o caso!

A chegada do delegado fez evaporar o clima ameno, os agentes e os policiais se empertigaram, mal permitiam que a respiração fosse notada.

— Alguma recomendação especial?

— Nenhuma, ao menos por enquanto. Um roubo com vítima fatal?

— Não creio. É certo que uma peça foi subtraída, mas a morte não foi uma fatalidade.

— Comparsas se desentendendo?

— Não lhe apresentaram a identidade do morto?

— Não. — Sentindo que a situação pioraria, o delegado aproximou-se do corpo com lentidão. — O filho do homem!

— É.

— Então mixou a cerimônia de amanhã...

— A peça roubada seria apresentada na cerimônia.

— Droga!

— Já verifiquei tudo, vou dar prosseguimento às investigações.

— Alguém já...

— Não. Até agora conseguimos manter a mídia afastada.

Enquanto o delegado assumia a responsabilidade de ser o porta-voz da notícia para a família, o investigador voltou à delegacia; trancou-se em sua sala, analisando os dados coletados na cena do crime. De todos os elementos, dois chamaram sua atenção: um pequeno *pin*, ignorado pelos primeiros peritos, e a natureza da obra roubada.

O *pin* não era artigo encomendado, portanto deveria existir centenas ou milhares iguais, mas o local onde foi encontrado, e as circunstâncias dos fatos, reduziam os números de possíveis proprietários; já a obra, subtraída ao museu, passou a ser considerada o motivo da ocorrência, mas esta conclusão ele não dividiu com ninguém.

Depois de duas horas e meia de elucubração e anotações metódicas, parou para analisar o quadro que havia traçado. Um sorriso insosso ganhou-lhe o semblante; precisaria interrogar cinco pessoas, das quais duas seriam osso duro de roer. Tanto tempo dedicado ao estudo do caso e o delegado queimou tudo em dois minutos.

— Não pode interrogar estas pessoas!

— Posso conversar sem compromisso.

— Elas são a nata do bolo, não podemos incomodá-las com perguntas comprometedoras.

— Então arquive o caso!

Investigador e delegado se mediram através de íris incandescentes. Não compartilhavam o ofício há tempo suficiente para se conhecerem mais do que de modo superficial, mas ambos possuíam renome; o delegado por ser um policial acima de qualquer suspeita, o investigador por ser especialista quando o assunto era interpretar as pessoas.

— Se ouvir a menor reclamação de uma delas…

A primeira pessoa da lista não traria problemas, eram velhos conhecidos, não íntimos, mas já se esbarraram pelas artérias urbanas desde que seus pais eram vizinhos; isto lhe conferiu a liberdade de procurá-la no recanto mais particular, um espaçoso apartamento localizado nos jardins.

— Ah, já começava a pensar que não viria.

— Vamos ser sinceros?

— Sempre fui sincera com você.

Os olhos se encontraram antes do término da fala. Mesmo que não fosse uma verdade inconteste, as meias verdades que ela já lhe contara não comprometiam o relacionamento amistoso que os unia.

— O que aconteceu por lá?

— Direto ao ponto.

— Sei que não tem nada a ver com o caso, mas testemunhou parte do ocorrido.

— Só uma pequena parte... bem no começo...

— Tem minha atenção.

As conversações poderiam ser tidas como infrutíferas, nada além do óbvio foi dito, mas, para o investigador, as atitudes e reações revelavam mais do que a prolixidade.

— Novidades?

— Suspeitas.

— Como foram os interrogatórios?

— Esclarecedores.

— Não ultrapassou os limites...

— Fique tranquilo, sua posição está segura.

Apesar das faíscas ópticas, o enfrentamento entre delegado e investigador se processava de modo positivo. Nem um deles guardava algum senão pelo outro. Acima de qualquer consideração pessoal, estavam o caráter profissional e as consequências de uma investigação bem encaminhada.

— O que tem de concreto?

— Marlene testemunhou o encontro entre a vítima e seu algoz. Não que possa identificá-lo, mas forneceu pista sobre a motivação dos crimes.

— Crimes?

— O assassinato e o roubo.

— Ah, sim.

— Valentine foi categórico em afirmar que não sabia sobre o encontro da noite em questão, porém as câmeras do museu colocam-no no local, momentos antes dos fatos.

— Quem é Valentine?

— Segurança do Dr. Rogério.

— Não vai...

— Vou. Não encontrei evidência incontestável, mas o principal suspeito é o doutor.

— Mas ele é o pai da vítima!

— E o maior interessado em que a obra não fosse apresentada durante a cerimônia.

— Por quê?

— Por caso sabe a natureza da obra roubada?

— Um quadro qualquer.

— Não, não se trata de um quadro qualquer, é uma gravura natural dos corpos nus de dois amantes.

— Grande coisa! Qualquer banca de jornal ou página da net tem milhares de gravuras semelhantes.

— Não com rostos tão conhecidos.

— Pessoas ligadas ao...

— À Sra. Pestana e seu cunhado, o *playboy* Rodolfo.

— Quem? Como?

— Marlene ouviu parte da conversa entre Valentine e a vítima, também confirmou a identidade dos retratados, uma vez que já tinha visto a obra.

— Mas se era uma obra tão comprometedora, por que apresentá-la em uma cerimônia da magnitude que seria?

— Delegado, desculpe-me, mas às vezes o senhor parece aquém da situação.

— Olha o respeito...

— Está claro que a vítima queria expor a hipocrisia dos pais.

— Por isso acredita que o Rogério é o principal suspeito?

A ausência da indicação do tratamento formal não era necessária para que o investigador soubesse da estreita ligação entre o suspeito e seu superior, mas não esperava que o delegado fosse deixar evidente o grau de aproximação entre eles.

— Não foi apenas Valentine que as câmeras mostraram estar no local dos fatos.

— E como pretende provar sua teoria?

— Com tato.

Tato não era a maneira precisa das intenções do investigador. Cutucar a onça não era recomendável com nenhuma espécie de vara e ele não possuía nem mesmo uma de curto alcance.

O luxo da mansão o incomodava. Não que estivesse se sentindo deslocado, fora de seu ambiente natural, mas tanta pompa sem nenhuma gama de consideração o deixava indignado.

— Investigador.

— Sra. Pestana.

— Espero que o assunto seja breve, tenho um compromisso inadiável.

— Preciso fazer algumas perguntas sobre seu filho.

— É necessário?

— Se a senhora tem algum interesse em que o caso seja solucionado...

— É claro que sim!

— Bem, neste caso, preciso de uma declaração que substancie as evidências que colhi.

— Está bem, mas se não tiverem fundamentos, não poderei ajudá-lo.

Que fator mais incomoda uma dama da alta sociedade do que a possibilidade de um escândalo clamoroso? Bem, não que todas possam ter a mesma reação, mas o investigador sabia que aquela dama sim, ela agiria como uma fera ao ser informada sobre o rumo que sua investigação havia tomado.

Sem entrar em detalhes, ele a colocou a par dos fatos. Não precisou depreciar o marido da dama, ela mesma o fez durante todo o tempo. Quando a suspeita foi apresentada sem meias palavras, ela se levantou, fuzilou o investigador com seu olhar ferino, conteve um grito de fúria e voltou a tomar assento na confortável poltrona.

— Quantas pessoas sabem sobre o caso?

— Se não estiver enganado, umas cinco.

— Contando meu filho?

— Não, muito menos o seu marido.

— Aquele ordinário! Usou-me como quis e agora não se contém e fica espalhando nossos particulares.

— Creio que não tenha sido seu... bem, o Sr. Rodolfo quem divulgou o caso.

— Quem mais ousaria?

— A senhora e seu marido não desejariam um escândalo, mas às vezes, as pessoas acreditam que não há outro meio para quebrar um círculo vicioso.

— Você quer dizer...

— Sim. Tenho noventa por cento de certeza de que foi ele.

— Não pode ser, ele me amava.

— E por isso estava disposto a revelar tudo.

— Mas por que em um evento tão concorrido?

— Para que seu marido não pudesse reagir de modo violento.

— Agradeço sua atenção, mas gostaria de ficar a sós.

Apesar da atitude evasiva da mulher, o investigador teve a certeza de que conseguira fisgar o salmão, no caso, a baleia... Ao ajeitar o chapéu, sorriu descontraído. Mesmo que o caso fosse arquivado, ele tinha feito o melhor, chegado ao fundo de tudo e, se tudo seria levado adiante e esclarecido pela justiça, isso não dependia dele.

Retornando à delegacia, reuniu todos os dados coletados, montando um dossiê sobre o caso. Revisou algumas anotações, arranjou as imagens em ordem cronológica, repassou as conversas entabuladas, lacrou o dossiê, direcionando-o ao delegado.

— Isso é para mim?

— Ia deixá-lo sobre sua mesa.

— Pode me entregar agora.

— Claro.

— Como se saiu com seu... tato...

— Bem.

— Algum resultado concreto?

— Digamos que a justiça chega mesmo quando o *establishment* tenta impedi-la.

— Quando isso acontece, não é justiça, mas sim vingança.

— Que seja.

Chapéu sobre a cabeça, sobretudo cerrado ao corpo, nada mais a acrescentar, o investigador deixou a sala. Sabia que nenhum juiz aceitaria a denúncia contra um homem tão poderoso, mas o fio condutor da trama não passaria pelas raias jurídicas.

O homem pode agir como se fosse um bicho livre, cair em tentação e corromper-se sem alterar o estado de sua consciência; maltratar e explorar seu semelhante, ignorar os sentimentos alheios, mesmo daqueles que lhe são mais próximos, mas nenhum homem consegue fugir ao furor de uma mãe enlutada.

Decorridas três semanas, a mídia já se apropriava de outros assuntos mais frescos quando a bomba explodiu: empresário do ramo da construção civil, com ligações com o governo, é morto pela esposa.

O furor midiático eclipsou qualquer chance de preservar a cena do novo assunto. Isenta de quaisquer resquícios de consternação, a afamada dama caritativa caminhou sob luzes diversas dos holofotes aos quais estava habituada.

Conduzida à delegacia, prestou depoimento, assinou as vias que foram apresentadas, ouviu, alienada, os discursos divergentes dos advogados e do delegado, recostou-se no espaldar da desconfortável cadeira, cerrou os olhos e se deixou levar pelos desdobramentos do caso.

Distante de tudo, o investigador acompanhava em silêncio. Já se preparava para deixar o recinto quando o delegado o interpelou:

— Não fica com a consciência pesada?

— Por que deveria?

— Transformou uma dama em uma assassina.

— Segundo algumas correntes eruditas, nada além do que somos pode ser despertado. Se ela agiu do modo como agiu, é porque a assassina sempre esteve adormecida em seu âmago.

— De que adianta a vingança se ninguém fica sabendo a verdade?

— A verdade? Acredita que a mídia, ou o povo, está interessada em saber a verdade? Que diferença faria se todos ficassem sabendo que o pai matou o filho e roubou a prova de sua traição, que o filho iria apresentar diante de todos? Ou que a mãe matou o marido para vingar a morte do filho? Não, delegado, a verdade é apenas um condimento esquecido pelos cozedores. Os glutões só querem sua refeição muito bem azeitada.

O Silêncio da Noite

Por Tiago de Moura

Uma noite como outra qualquer, a tranquilidade pairava pelo ar, e mesmo com uma semana conturbada e inúmeras chamadas policiais, tirei um dia de folga, mas para o crime a palavra folga não existe.

São exatamente 20h, estou em minha cama fazendo o que eu mais gosto, ler o jornal do dia, normalmente as pessoas fazem isto pela manhã.

O silêncio foi interrompido por som de sirenes. Uma, duas, três, quatro, uma seguida de outra, algo sério acaba de acontecer. Normalmente, para um caso pequeno uma viatura já seria o suficiente, mas pela velocidade que passaram posso deduzir que estavam a uns 110 km/h, muito rápido para estar em uma via pública.

Espera! Tem outro carro seguindo a mesma direção, na mesma velocidade, não é uma viatura, será que é o John? Ah sim, agora eu tenho certeza, é o John. Está de carro novo. Bom, se John está a caminho, o caso é sério, tenho certeza que ele vai cuidar disso, ele é um ótimo profissional.

Exatamente uma hora se passou e o meu telefone tocou. Era o delegado.

— Boa noite, Sr. James, desculpa o incomodo a essa hora mas preciso de sua ajuda. Sei que está em sua folga, mas se não fosse tão importante eu não o ligaria.

— Boa noite, Sr. Carlos, não tem problema, meio que eu já estava esperando a sua ligação.

— Bom, James, aconteceu algo terrível. Três membros de uma família morreram sem nenhum sinal de agressão física. Pedi para que ninguém os tocasse até que você estivesse no local.

— Pode me passar o endereço, Sr. Carlos?

— Sim, um momento, por favor... Fleet Street Nº 482.

— Correto, estarei lá em alguns minutos.

— Obrigado, James, vou ficar aguardando você.

Rapidamente me aprontei.

A mídia já estava no local, isso dificulta qualquer investigação. Muitas perguntas, várias afirmações e nenhuma solução, impossível alguém raciocinar com tanto barulho. Cheguei a um ponto que não dava mais para avançar com o carro, vejo jornalistas, policiais e até mesmo na grande maioria os curiosos.

No local me deparo com uma casa branca, bem decorada com um pequeno jardim bem cuidado, duas pequenas árvores milimetricamente podadas em formato quadriculado, dava para perceber a maestria de um jardineiro. Estava tudo perfeito. Percebi que o gramado não tinha nenhuma marca de amassado há menos de uma semana. A única passagem usada para chegar até a porta era pela calçada de paralelepípedo sextavado. Interessante.

— James, James!

— O quê? Ah, é você, John!

— É, James, eu já falei para você ir se tratar, fica aí perdido em pensamentos.

— Fica tranquilo, John, está tudo sob controle. E você? Está bem, não está? Pegou um carro novo.

— Mas como você sabe disso? Está me seguindo, James?

— Você é o único que eu conheço que antes de passar a marcha dá duas aceleradas rápidas.

— Você me assusta, às vezes. Bom, vamos ao o que interessa. James, você sabe o que fazer, correto?

— Bom, antes de começar, me diz tudo o que vocês conseguiram até agora.

— Vou ser sincero com você, James, até o momento só temos informações básicas.

— Qualquer informação é importante!

— Tudo bem, vou pedir para que providenciem tudo e lhe entrego em mãos. Vamos olhar os corpos?

— Vamos, só me de um minuto que já lhe acompanho.

— Ok, te espero lá dentro.

Passados alguns minutos, vou até a cena do crime e me deparo com três corpos ao chão. Na sala de estar estavam o pai e o filho, e olhando para a esquerda, em um corredor, uma mulher, então começo a investigar.

— Então, John, qual é a sua conclusão até o momento?

— James, olhamos o local e não encontramos nada, creio que pode ter sido envenenamento.

— Correto, essa seria uma das primeiras deduções, já que não há nenhum tipo de agressão. Vou dar uma olhada na casa, vem comigo?

— Sim, claro.

John não estava errado em pensar desta forma. Certamente a morte das três pessoas não foi devida a algum tipo de veneno, não havia nenhuma mancha no corpo, os olhos estavam normais, muito menos havia sinal algum de sialorreia. Há algo maior aqui e eu irei descobrir.

— A vista desta janela do corredor é magnífica, você não concorda, John? Uma linda visão da Rua Fleet!

— Tem razão. Bom, eu vou esperar o resultando das análises lá fora.

Antes de o John sair, o Sr. Carlos chegou com as informações pessoais das vítimas.

— Aqui está, James, toda a informação conseguida até o momento pela nossa equipe. E também um depoimento de um dos vizinhos que eu acho que você iria gostar de ver.

— Deixe-me ver.

O Sr. Airton é um corretor de imóveis conceituado no mercado imobiliário. A Sra. Laura é dona de casa e cuida de seu filho de 13 anos, e os dois também têm uma filha, Sofia, de 22 anos, que está cursando faculdade de Química.

— Onde está o depoimento do vizinho?

— Na última folha, James.

— Ok, vamos ler.

— No dia 17 de abril, em uma terça-feira, por volta das 16 horas, escutamos alguns alvoroços vindos da casa do Sr. Airton. Fomos até a janela para ver o que estava acontecendo, conseguimos ver o Sr. Airton, que parecia estar muito bravo, e junto a ele estava a Sra. Laura, que tentava apartar a discussão, e quem estava discutindo com o Sr. Airton era a sua filha Sofia, juntamente com o seu suposto namorado. Em meio à discussão, conseguimos escutar juramentos de morte de ambos os lados, logo em seguida a Sofia e o seu parceiro entraram no carro e saíram.

— Isso é tudo, Sr. Carlos?

— Sim, detetive. E já mandamos fazer a busca dos dois, da filha e do amigo dela, para o depoimento.

— Ok, vou dar uma olhada pela casa e logo mais termino as buscas por aqui.

Fui até o quarto do Sr. Airton e comecei a procurar por algo que me chamasse a atenção. Abri o guarda-roupa, tudo estava normal. Olhando por debaixo da cama, avisto algo comum, um parafuso, olho em volta para tentar achar o seu local de origem, olhei para o teto e avistei uma tela quadriculada que dava acesso à tubulação de ar. Estava faltando um parafuso em um de seus lados e comecei a desparafusar. Não demorei muito e arranquei a tela, peguei uma cadeira e coloquei sobre a cama para ter melhor acesso à tubulação. Não dava para olhar o que havia dentro, então comecei a apalpar. Encostei a mão em algo, parecia ser metálico, me estiquei ao máximo para poder agarrar e peguei. Era uma Cápsula de Gás com ativador via controle remoto. Olhei o resto da casa, achei mais dois, um na sala e outro na cozinha, e rapidamente chamei John e o delegado.

— Sr. Carlos, John, olha o que estava na tubulação de ar.

John já estava com o resultado das análises em mãos e ao ver as cápsulas assimilou o resultado a elas.

— James, agora o resultado está fazendo mais sentido. A composição desse gás é substância à base de ópio, seu efeito é devastador e causa parada cardíaca e respiratória em menos de dois minutos.

— Sr. Carlos, você tem as imagens das câmeras do dia 17?

— Bom, até queríamos ter, mas as câmeras resetam todo final de semana às 18 horas.

— Entendi, vou ter que olhar as imagens da rua. Você pode fazer isso para mim, Sr. Carlos?

— Ok, vou providenciar.

— James, esqueci de te mostrar isto. São passagens para uma viagem para duas pessoas, no dia 27/04, às 16 horas, no caso para hoje. Elas estavam na bolsa da Sra. Laura.

— Obrigado, John, agora as coisas estão começando a fazer sentido.

— Bom, James, não quero interromper o seu raciocínio, mas a equipe que irá recolher os corpos já chegou, você só tem mais dois minutos. Ok?

— Sr. Carlos, terminei por aqui, por favor, envie as imagens das câmeras para mim hoje mesmo, se possível, tenho que ir em um lugar.

— Farei o possível. Espero você amanhã em meu gabinete.

***

Sim, sim, tudo está se encaixando. Como eu não percebi isso antes?

Já são 10h20 na manhã de sábado do dia 28, não percebi a hora passar. Revisei todos os vídeos das câmeras de vigilância do local, agora só falta uma coisa.

Às 13h50 do mesmo dia, minha cabeça está flutuando, estou eufórico, sigo até o gabinete do Sr. Carlos.

***

— Ei... ei, ei! O que vocês estão fazendo?

— Oh, James, é você? Por que o espanto? Estamos levando o culpado para a cadeia, o interrogamos e ele afirmou que ameaçou o pai de sua namorada Sofia.

— Ele ameaçá-lo não quer dizer que foi ele quem o matou, tenho certeza que vocês o forçaram a dizer isto, e que se ele assumisse ficaria por pouco tempo preso, mas não foi ele quem matou aquela família, e ele sabe quem foi. Deixe-me fazer somente uma pergunta a ele, Sr. Carlos.

— Pode fazer, James, acho que não tem problema de ser aqui mesmo, tem?

— Não, nenhum problema.

— Muito bem, qual o seu nome, rapaz?

— Maicon!

— Muito bem, Maicon, escute com atenção. Quem estava com vocês na hora que você teve suas desavenças com o Sr. Airton?

— Que eu me lembre, era só nós.

— Pense bem, Maicon, pense de novo, olhe em volta, mais quem estava no local e escutou tudo?

— Bom, pensando por esse lado, tinha o jardineiro.

— ISSO! Esta é a peça de todo o quebra-cabeça.

— James, não estou entendendo, o culpado é o jardineiro?

— Sr. Carlos, traga ele aqui e eu explicarei tudo.

— Ok, vou imediatamente fazer as buscas.

Três horas se passaram e enfim o Sr. Carlos chega com o provável jardineiro.

— Todo seu, James. Vamos até a sala de interrogatório, quero ouvir tudo o que você descobriu.

— Muito bem, seu nome é Eduardo Castro, tem 32 anos, nenhuma formação acadêmica, e é o principal suspeito de triplo homicídio. O que você tem a dizer?

— Eu não tenho nada a dizer, eu não fiz nada, eu sou inocente. Já fazia uma semana que eu não estava indo trabalhar naquela casa.

— Pela sua postura, você vai negar até a morte, você tem medo de ser preso, por isso planejou cuidadosamente. Vamos lá.

"Dia 17, terça-feira, você presencia a discussão que era tudo o que você precisava naquele momento para colocar seu plano em prática, assassinar o Sr. Airton, e colocar a culpa no namorado da Sofia. A pergunta que todos aqui querem saber é o porquê? E muito simples, você queria a esposa dele só para você, vocês eram amantes e o Airton era um impasse na vida de vocês.

"Dia 19, quinta-feira, Sr. Airton estava em reunião e só chegaria em casa por volta das 20 horas, Sra. Laura estava fora de casa, momento perfeito para você implantar o gás.

"Dia 20, sexta-feira, 8 horas da manhã, você comprou duas passagens para a Sra. Laura e seu filho, marcadas para horas antes do assassinato, passagens que estavam em nome de sua tia, Maria Castro. Às 17 horas do mesmo dia, você ligou para o Sr. Airton explicando o por que não iria trabalhar na próxima semana, relatando problemas de saúde. No mesmo dia, você deixou as passagens e um recado para a Laura dentro da árvore dizendo

"EU TE AMO". Talvez se elas não estivessem tão perfeitas eu não teria notado aquele pequeno buraco amassado. As passagens já não estavam mais lá, mas o bilhete ela deixou para trás, e a história começou a tomar outro rumo.

"Dia 27, sexta-feira, o dia do assassinato, as câmeras da casa já teriam resetado junto com as imagens da implantação do gás. Agora só restava ativar, e para isso você precisava chegar perto da casa, o ativador tem um alcance efetivo de trinta metros. No mesmo dia, você passa em frente da casa três vezes, tudo registrado pelas câmeras do local. Você estava com um carro alugado em nome de Maria Castro. Às 17h30, Airton chega do trabalho, você para o seu carro em frente, às 17h50 você ativa o gás, às 17h54 você deu partida no carro para sair do local, mas infelizmente uma pessoa passa pela janela do lado esquerdo da casa e você a vê, era a Sra. Laura, ela não tinha ido viajar, o filho não estava muito bem. Rapidamente você freia o carro, o seu plano foi todo por água abaixo naquele momento.

"O Sr. Airton chegou em casa e foi ver como estava o filho, pois sabia que ele não estava muito bem. Ficou um tempo com ele na sala, a Sra. Laura estava na cozinha.

"O primeiro a morrer foi o garoto, seu pai entrou em desespero e começou a chorar. A Sra. Laura, ao escutar os gritos, foi correndo ver o que havia acontecido e não conseguiu chegar, o gás já havia surtido efeito. Você rapidamente ligou para um pronto socorro, mas já era tarde demais. Você deixou o local às 17h58.

— Isso conclui o caso.

— NÃO FOI EU, NÃO FOI EU, EU QUERO OS MEUS DIREITOS.

— Homens, leve-no para a cela. Obrigado, James, quase culpamos um inocente.

— Sr. Carlos, para casos como esse, eu tenho o prazer em ajudar.

O Assassino do Coração Sombrio

por Roberto Silva

Era uma noite fria na cidade pacata de Bristol, Inglaterra. O ano era 1956 e todos já estavam dormindo. Aquele lugar era calmo, com poucos habitantes.

Nessa cidade, era costume todos se cumprimentarem, pois eles se conheciam e era natural fazer fofocas uns da vida dos outros.

Em um beco próximo de um cruzamento entre a 5th com a 7th, um casal estava tendo uma discussão.

— Mas, amor, eu juro que você é tudo para mim! — disse John, preocupado.

— Então por que não podemos nos casar? — questionava Mary An.

— Entenda, tudo no seu devido tempo. Eu estou muito atarefado em meu emprego no momento.

— Você não me ama, ama apenas seu trabalho — disse ela, caindo em prantos.

Nesse momento se ouviu ali perto o barulho da tampa da lixeira que havia caído.

— O que foi isso? — perguntou Mary An, secando as lágrimas dos olhos.

— Deve ter sido um gato.

— Não importa, acabamos por aqui!

Ao dizer isso ela correu, deixando-o para trás.

— Meu amor, por favor, não! — ele estendeu a mão, mas tentou respeitar a decisão de Mary.

A noite passou e o sol veio para dar bom-dia aos cidadãos de Bristol, que foram surpreendidos com um grito que ecoou pelos quatro cantos.

As pessoas começaram a se reunir próximo a um beco que para nós parecia muito conhecido.

— Meu Deus! — Ouvia-se de uma voz espantada.

— Não pode ser!

— É o John! — Diziam as pessoas reconhecendo a vítima.

O corpo de John estava grudado na parede já sem vida, e seu sangue pintava toda a parede, formando um enorme coração ao redor do corpo.

Não demorou muito para a polícia aparecer. Isolaram toda a área e iniciaram as investigações sobre o ocorrido. Aquele era o caso de assassinato mais assustador que já havia acontecido naquela pequena cidade.

O tempo passou e só se falava sobre uma coisa, o caso do assassino do coração sombrio. A namorada de John, Mary An, estava se sentido culpada, totalmente deprimida pelo ocorrido.

— Não tem nada a ver com você. A culpa é desse assassino e pode ter certeza que irão encontrar o culpado.

Passaram-se duas semanas e o assunto sobre o assassino do coração sombrio ainda assustava as pessoas, mas já tinha se tranquilizado um pouco. Até que em uma nova manhã a cidade acordou no vermelho novamente. Em um novo beco, mais uma vítima, mesma paisagem horrenda. Um corpo grudado na parede e um coração em volta formado pelo sangue do próprio cadáver.

— Minha nossa! Temos um assassino em série! — o policial Raimond falou, espantado.

— Ainda não, tem que ter mais de três vítimas para se considerar essa ideia.

— Ah! Então quer dizer que iremos esperar mais uma vítima aparecer?

— Claro que não! Devemos encontrar esse assassino.

— Como? Não temos a menor pista sobre o caso. Ninguém viu nem ouviu nada, o assassino é muito cauteloso.

Nesse momento, apareceu uma pessoa com um semblante tranquilo e com um olhar aguçado. Vestia jeans e sapato social. Uma camisa xadrez, óculos no formato redondo, que se articulava bem em seu rosto. Barba bem feita, um grande sobretudo preto e um cigarro de palha em meio aos seus dedos. Ele deu uma pequena tragada e perguntou:

— O que temos aqui?

— Um assassinato, o que mais lhe parece? — responde o Oficial Yaron de forma desdenhosa.

— Isso se percebe, meu caro, era apenas uma forma de falar — disse o senhor bem vestido, revirando os olhos.

E ele começou a analisar o local falando sozinho tudo o que observava.

— Parece que não faz muito tempo que esse crime aconteceu. O sangue ainda parece um pouco fresco. A forma como foi grudado na parede, parece que foi feita após sua morte — ele falava com muita tranquilidade, e continuou: — A pessoa deve ser bem forte para ter colocado esse corpo aí. Talvez fosse mais de um assassino. — Ele deu mais uma tragada em seu cigarro.

Após concluir suas suposições, os policiais se perguntaram:

— Quem é esse cara? O que ele está fazendo?

— Você não o conhece? Um dos maiores investigadores de crimes de toda Inglaterra!

— Não acredito! É o Raymond Simmons? O grande detetive?

— Isso mesmo. Esse caso deve ter chamado a atenção dele.

Concluindo as investigações, começaram a limpar toda a área. Eles foram todos para casa, menos Raymond, que procurava por pistas. Então ele resolveu interrogar as pessoas próximas da vítima.

— Havia alguém que tinha algo contra ele?

— Que eu me lembre, não. Para falar a verdade, nessa cidade não temos nada contra ninguém. Praticamente vivemos em harmonia uns com os outros — contou a mãe da vítima —, mas essa noite ele estava com a namorada, talvez ela possa dizer algo que tenha percebido.

Após ouvir, Raymond foi até a casa da namorada de Trey para perguntar o que houve durante a noite passada.

— Boa tarde! Posso falar com você?

— O que deseja? Se for sobre o Trey, não sei de nada.

Seus olhos estavam fundos de tanto chorar.

— Você seria a namorada de Trey? Fiquei sabendo que se encontraram ontem à noite.

— Sim! Nós nos encontramos, mas tivemos um desentendimento, eu o deixei e fui para casa, depois ele foi encontrado... morto!

Havia um grande peso em suas palavras.

Raymond tinha certo sentido aguçado para mentiras e sabia que Sarah parecia dizer a verdade. Ele precisava encontrar um padrão nos assassinatos, algo que fosse comum entre eles e ligasse ao assassino. Então Raymond resolveu ir atrás da namorada da primeira vítima. Ao chegar lá, quem atendeu foi a mãe de Mary An.

— Ela não está bem para falar com ninguém! — o tom era meio agressivo.

— Minha senhora, eu precisava falar com ela. É sobre a morte de John.

— Como eu disse, ela não está bem, peço que vá embora.

Ao dizer isso, ela começou a fechar a porta, mas foi interrompida por Raymond, que insistiu:

— Por favor, apenas uma pergunta. Eles se encontraram no dia do acidente? Precisava apenas tirar essa dúvida.

— Você é muito persistente. Se eu responder você poderia nos deixar em paz?

— Dou minha palavra, senhora!

— Eles se encontraram, sim. Parece que discutiram e ela foi embora. Após isso, ele apareceu morto. Minha filha se culpa demais pelo ocorrido, então ela está evitando falar sobre, para poder superar aquela noite.

— Entendo, mas…

Raymond foi interrompido antes de continuar com mais perguntas.

— Você disse apenas uma pergunta, agora peço que cumpra sua palavra.

Após dizer isso, ela terminou de fechar a porta.

Aquilo fez Raymond pensar que nos dois assassinatos existia o mesmo padrão, uma briga de casais na qual as vítimas são a figura masculina, mas qual seria a ligação deles com o assassino? Esse seria o próximo passo para Raymond tentar desvendar esse quebra-cabeça.

Nessa hora, Raymond teve uma ideia. Foi até a delegacia da cidade para poder dar a cartada final nesse caso.

— Descobri como podemos terminar com os assassinatos — disse Raymond.

— Qual o plano, detetive? — perguntou o Delegado Richards.

— É bem simples, eu vou precisar apenas de um casal.

Ao explicar o que tinha em mente, tudo que foi solicitado foi devidamente preparado. Agora era só esperar dar o horário certo.

Durante a noite, o casal saiu do cinema e foi para uma praça onde poderiam conversar melhor. A noite passa e começa a ficar bem tarde. Nesse horário não havia mais ninguém nas ruas, então era hora de colocar o plano em ação.

— Do que foi que você me chamou? — gritou ela.

— Me desculpe, meu amor, foi sem querer, não queria dizer Danielle.

— Você sabe que meu nome é Caroline, Thomas! Quem é Danielle?

— Não tenho a menor ideia, foi apenas um deslize — Thomas falava de forma apreensiva.

Caroline dá um tapa na face de Thomas e diz:

— Nunca mais me procure novamente.

Ao dizer isso, ela se afasta de Thomas, deixando-o sozinho.

Nesse momento, apareceu uma figura um tanto sombria passando por ali.

O Delegado Richards estava acompanhando todo o plano e então se levantou rapidamente, pronto para mandar seus homens para abordar o sujeito.

— Não! Ainda não! — sussurrou Raymond.

— Esse é nosso homem, nossa única oportunidade.

Ao dizer isso, o delegado fez um sinal para prenderem o suspeito.

— Não! — gritou Raymond dessa vez.

Os policiais cercaram o senhor que se aproximava, era Alfred. Um mecânico que trabalhava ali perto.

— Você está preso pelo assassinato de duas pessoas — anunciou o delegado.

— O que está dizendo? — perguntou Alfred, surpreso.

Ao pegarem Alfred para algemá-lo, caiu um pacote suspeito de sua blusa vermelha de time de baseball.

— O que é isso? — questionou o delegado.

Olhando dentro da sacola, havia alguns objetos que poderiam ou não incriminá-lo, como uma fita Silver Tape, corda e um pincel.

— Veja só, parece nosso assassino — falou o delegado, com tom de satisfação.

— Eu posso explicar — replicou Alfred.

— Levem ele!

Enquanto isso, Raymond estava apenas atento ao que acontecia. Ele sabia que Alfred não era o assassino, ou talvez não o principal. Aquilo estava muito fácil, havia algo que não se conectava aos fatos.

Nessa hora, Raymond apenas pôde perceber um vulto passando ali atrás, estava um pouco distante, mas não podia fugir do radar dele.

No outro dia, ele decidiu continuar as investigações. A polícia já havia fechado o caso por ora, mas Raymond sabia que o acusado seria solto por falta de provas que o incriminassem de verdade.

Raymond resolveu ir conversar com a namorada da segunda vítima novamente. Com isso, ele descobriu uma pista que o levaria ao verdadeiro assassino.

Chegamos até a manhã seguinte e, como Raymond havia dito, Alfred foi solto por falta de evidências. E nosso detetive se encontrava em um estacionamento de um supermercado, apenas aguardando sua informação estar certa. Com isso, ele encontraria a pessoa que desejava.

Ao longe, ele avistou quem queria no horário que foi informado. Nesse momento, surgiu um pequeno sorriso de canto de boca. Ele apagou seu cigarro e entrou na loja. Esperando o momento certo, aproximou-se devagar e disse:

— Mary An, como é difícil te encontrar.

— Quem é você? — ela perguntou, assustada.

— Um amigo da família.

— Não me lembro de você. Bem, agora eu tenho que ir.

— Queria desejar meus pêsames pelo seu namorado.

— Ah, obrigada!

Ao dizer isso, Mary An começou a andar, mas foi interrompida quando ouviu:

— É uma pena que tenha matado ele!

— Está maluco? Isso é um absurdo!

— Também pensei que estivesse até descobrir que você teve um relacionamento com as duas vítimas. Você estava esses dias apenas sondando e esperando o momento certo para sua próxima morte. Que seria o Magnum, outro antigo namorado seu.

— Não sei do que está falando — Mary An começou a suar frio.

— Interessante pensar que você não poderia fazer tudo sozinha, então foi aí que seduziu o Alfred para ajudá-la. Quando você percebeu que era uma cilada, naquele dia, pois estava muito aparente. Então você o convenceu a passar por lá, as acusações cairiam em cima dele e as suspeitas não levariam até você.

Mary An, por impulso e sem ter o que responder, correu, mostrando que as suposições de Raymond estavam certas. Ao fugir pelo supermercado desesperadamente, ela tropeçou em uma ilha de produtos que estava no meio do corredor central. O segurança da loja, ao ver o que houve, foi ajudá-la. Nessa hora, só pude ouvir a voz de Raymond:

— Segure essa mulher, por favor.

Nesse momento, foi chamada a polícia e Mary An foi detida.

O Detetive Raymond conseguiu supor que ela fosse a assassina pois, ao conversar com a namorada da segunda vítima, ela disse sobre o envolvimento dela com as vítimas e sobre elas a terem difamado na época do colégio, pois era acima do peso. Para Raymond, 70% dos casos são causados por inveja, egoísmo ou vingança. Então com isso ele começou suas investigações em torno desses motivos em comum.

E após solucionar mais um caso o dia nasceu novamente em Bristol, onde todos se conhecem e é uma cidade perfeita para viver, mas ali adiante se ouvia novamente um grito que ecoava por todas as partes… mas isso ficará para a próxima história.

NADA É O QUE PARECE SER

POR GIOVANA C. SCHNEIDER

Sua vida de detetive já passava dos cinquenta anos. Aos 25 anos, concluiu o seu curso de Detetive Particular por correspondência e, desde então, esta foi a sua profissão.

Hoje ele estava completando seus 75 anos de vida. Não se aposentou, pois sabia que sua vida de detetive ainda não havia chegado ao fim, ou melhor, nunca teria, assim pensava. Só haveria realmente um final quando ele estivesse embaixo de sete palmos do chão, talvez nem assim. Com certeza também iria querer descobrir o que havia do outro lado desta vida, já que ninguém voltava de lá para contar. Pensando assim, olhou para o quadro pendurado na parede. Ali estava o seu certificado de detetive feito no Instituto Universal Brasileiro. Sorriu e leu em voz alta:

— Heleno Marcus Helmer, Detetive Particular, 7 de agosto de 1969.

Heleno o seu nome de batismo, mas todos o conheciam como Abelha, pois desde criança sempre foi um pouco abelhudo, curioso, com mania de detetive e assim nasceu o apelido. Na vida profissional, também era conhecido como Detetive Abelha. Até tinha uma placa com este nome na entrada de sua sala.

Serviu-se de uma caneca de café e sentou-se no sofá, e seu pensamento voou. Como o tempo passara rápido, mas ele se lembrava de cada detalhe daquele que foi um dos seus primeiros casos, e que lhe trouxe prestígio.

Quando acreditava que alguma coisa estivesse errada, era melhor não duvidar, pois nada é o que parece ser, e assim mandou fazer uma placa com letras maiúsculas, colocando um ponto depois do nada, que ficou assim: NADA. É O QUE PARECE SER.

Este caso aconteceu no início da década de 1970.

Morar na pequena cidade de Albuquerque era como morar no paraíso, lugar calmo com muitas belezas naturais, mas muitas coisas iriam mudar naquele lugar pacato.

Era uma linda manhã de sábado, Abelha estava na barbearia do seu amigo Raul dando um retoque no visual, afinal, a noite teria um baile no clube que estava prometendo "*pocar*", gíria muito usada por lá, que queria dizer um tremendo sucesso. De repente, ouviu-se uma gritaria, pessoas correndo. O barbeiro Raul foi dar uma olhada na calçada e perguntou a um rapaz que passava o que estava acontecendo e para onde aquele pessoal estava correndo, e ele lhe respondeu:

— É para a ponte sobre o Rio das Pedras. Estão falando que uma pessoa se jogou lá de cima.

Falou e saiu correndo para ir ver também. Raul entrou e contou o que o rapaz havia lhe falado:

— Meu Deus, Abelha, parece que alguém se jogou da ponte e se espatifou no Rio das Pedras.

Abelha, que já estava com a barba feita e o cabelo cortado, passou a toalha no rosto, levantou-se e, ajeitando-se melhor, falou:

— Vamos lá também, meu caro, ver exatamente o que aconteceu.

E assim Raul fechou a barbearia, e os dois foram para a ponte ver o ocorrido de perto. Chegando lá, ficaram sabendo que o Padre Paulo havia se suicidado. Uns comentavam que ele estava muito estranho nos últimos dias, outros já falavam em depressão, mas no fundo ninguém sabia o que o teria levado a atentar contra a própria vida.

De uma coisa todos sabiam, aquele padre era muito bonito, muitas mulheres da cidade suspiravam por ele, e agora estavam desesperadamente chorando.

À noite, no baile, não se falava em outra coisa, a morte do Padre Paulo, o que teria realmente acontecido com ele, um homem de Deus, tão fervoroso nas suas homilias. Abelha estava achando tudo muito estranho, algo não estava encaixando, mas não sabia exatamente o que poderia ser, talvez pelo fato de ninguém tê-lo visto se jogar da ponte. Comentou isso com Raul, o barbeiro, mas ele achou que era coisa da cabeça do abelhudo.

Como o caso havia acontecido no final de semana e o corpo foi levado para o IML da capital, com certeza ia demorar um pouco para ser liberado, então daria tempo de dar umas investigadas, pensou Abelha. Assim ele resolveu dar umas voltas e foi até a ponte, olhou para baixo, era realmente muito alto, e as pedras fazendo jus ao nome, Rio das Pedras, pois água ali era pouca. Deu uma olhada de onde poderia o Padre Paulo ter se jogado e algo lhe chamou a atenção. Havia um pouco de sangue no parapeito, estava seco, mas resolveu raspar e colocar dentro de um vidro na sua maleta. Talvez não fosse nada, mas iria guardar assim mesmo.

Resolveu ir à delegacia conversar com o Delegado Clóvis, que era seu chapa, amigo de infância. Chegando lá, o delegado o recebeu e também escutou a suas suspeitas atentamente, depois lhe falou que o caso do padre teria com certeza sido suicídio, o carro dele estava estacionado perto da ponte, o corpo tinha ido para o IML e iria ser liberado provavelmente dali a um ou dois dias com o laudo. Abelha falou do sangue no parapeito da ponte, mas o Delegado Clóvis sequer lhe deu ouvidos. Saiu da delegacia chateado. Será que poderia ser coisa de sua cabeça de abelhudo?

Assim, resolveu ir ao bar do Jonas tomar uma cerveja para espairecer. Chegando, sentou um pouco afastado para poder pensar melhor, logo entrou no bar um rapaz. Abelha ficou olhando. Era o jardineiro José, da casa paroquial, que pediu uma pinga, tomou e saiu rapidamente. Jonas foi até a mesa de Abelha para saber o que ele queria, pediu uma cerveja e perguntou:

— Aquele que tomou uma pinga é o jardineiro José, da casa paroquial?

— Sim, é ele. O coitado ficou muito transtornado com a morte do padre e até começou a beber cachaça, coisa que raramente fazia.

Abelha tomou a cerveja, pagou e saiu. Resolveu ir à casa paroquial falar com o jardineiro José. Chegando lá, ouviu umas vozes alteradas e pelo muro deu para ver que ele estava discutindo com uma pessoa que não dava para ver quem era, mas a discussão estava tão calorosa que deu para Abelha ouvir:

— Fiz direitinho como combinado e preciso do dinheiro.

O outro respondeu:

— Vá hoje meia-noite à ponte que te pagarei.

— Estarei lá — respondeu o jardineiro José.

O homem ia saindo, mas Abelha, que não queria ser visto, se escondeu, e assim também não viu quem era. Depois foi até o portão de madeira e tocou a campainha. O jardineiro José foi atender.

— Boa tarde — cumprimentou Abelha.

— Boa, o senhor está procurando alguma coisa?

— Gostaria de trocar umas palavras, caso não esteja muito ocupado.

— Não estou, pode entrar.

Abelha entrou sem saber ao certo o que perguntar, assim, pediu um copo de água para ganhar tempo.

— Sim, venha aqui na cozinha, te conheço de vista, mas como é mesmo o nome do senhor?

— Heleno, mas todo mundo me conhece como Abelha — e logo perguntou:

— Quando vai ser o velório do Padre Paulo?

— Estão acertando para amanhã ou depois na Câmara Municipal.

— Que triste isso tudo, você acha que ele teria algum motivo para se matar?

Abelha sentiu que ele tremeu a mão ao entregar o copo com água.

— Não sei, o senhor é da polícia?

— Não, não sou da polícia, apenas um curioso.

— É só isso que quer saber? É que estou precisando adiantar o serviço e não posso ficar aqui conversando ou matando a curiosidade dos outros.

Abelha sentiu que era um convite para ele ir embora. Assim, resolveu sair, mas ficou pensando, antes ele estava até simpático, depois que perguntou do padre o cara mudou, e o outro que estava lá que não conseguiu ver quem era, teria também o encontro na ponte, esse encontro iria esclarecer muitas coisas com certeza.

Pensando assim, voltou à delegacia e procurou novamente o Delegado Clóvis, que o recebeu, e Abelha foi logo falando:

— Delegado Clóvis, vim te pedir um favor em nome de nossa amizade, sei que você está achando que é delírio meu, mas não é.

— Sim, pode falar Abelha, o que é dessa vez?

— Quero te pedir para hoje, logo depois da meia-noite, uns vinte minutos, você ir fazer uma diligência na ponte.

O delegado olhou sem entender nada e perguntou:

— Com que fundamento você está me pedindo isso, Abelha?

— Sinto que não estou errado, te peço um voto de confiança.

— Tudo bem, Abelha, farei isso em nome de nossa amizade.

Abelha se levantou e estendeu a mão para o delegado.

— Te aguardo lá, meu chapa.

Às 23 horas em ponto, Abelha já estava na ponte procurando um bom lugar para ficar escondido e de onde pudesse ver e ouvir tudo muito bem.

Encontrou o lugar e de lá ficou aguardando. Passado algum tempo, viu alguém chegar de bicicleta. Era o jardineiro José, que parou em cima da ponte, encostou no parapeito, tirou do bolso uma pequena garrafa de cachaça, tomou um gole e ficou olhando para baixo. Passado mais algum tempo, chegou um carro, estacionou próximo à ponte e qual não foi a surpresa do Abelha ao ver saindo do carro o prefeito de Albuquerque. Ele foi andando até a ponte, o jardineiro José foi logo perguntando:

— Trouxe o dinheiro?

— Trouxe mais que isso, meu rapaz.

E falando isso o prefeito puxou uma arma da cintura e apontou para a testa do jardineiro José. Abelha, de longe, ficou um pouco apreensivo, quando o barulho de outro carro e a freada brusca tirou a atenção de todos. Abelha até chegou a pensar que fosse o delegado, mas quem saiu do carro, outra surpresa para Abelha, foi a esposa do prefeito, a primeira-dama Dona Arlete, uma morena linda dos olhos verdes, ela já saiu gritando:

— Por favor, Joel, pare com isso, largue esta arma, ele me procurou, estava bêbado e arrependido, contou tudo o que aconteceu.

— Arlete, vá embora, deixe eu resolver os meus assuntos em paz. Está com pena deste que tirou a vida do seu amante?

— Tirou, pois você foi o mandante, sabia que o pobre estava precisando de dinheiro por ter contraído uma dívida no jogo e falou que pagaria o valor, você é pior do que eu imaginava.

— É um bêbado mentiroso.

Abelha estava incrédulo. Ele sabia que havia alguma coisa errada com a morte do padre, mas não teria imaginado isso, que loucura, e o delegado que não chegava, se demorasse muito ele ia ter que intervir sozinho.

Finalmente o carro da polícia chegou, o Delegado Clóvis saiu e foi perguntando:

— O que está acontecendo aqui?

O prefeito rapidamente foi falando que tinha pegado quem tramou a morte do Padre Paulo, o Abelha saiu de seu esconderijo falando:

— Não acredite neste crápula, eu ouvi tudo e posso testemunhar.

O delegado levou todo mundo para a delegacia. Chegando lá, o jardineiro José já foi falando:

— Esse prefeito louco queria me matar.

— Calma, vamos colocar ordem aqui, depois cada um vai prestar o seu depoimento, certo?

O delegado pediu mais café. Ele sabia que isso entraria pela madrugada e, voltando para o jardineiro, falou:

— Sr. José, agora pode contar como tudo aconteceu.

— Bom, o Prefeito Jonas descobriu o caso que a primeira-dama estava tendo com o Padre Paulo, então resolveu tirá-lo de circulação. Ele soube que eu estava com dívida de jogo, me ofereceu uma quantia que resolveria a minha vida, aceitei, pois estava sendo ameaçado, me adiantou uma merreca e falou que pagaria o restante depois do serviço, e estava me enrolando. Marcou comigo na ponte para me pagar, eu posso ir preso, mas não vou sozinho.

O prefeito gritou:

— Tudo invenção desse animal. Não acreditem nele. Eu sou o prefeito desta cidade, sou mais confiável e só falo na presença do meu advogado.

— Silêncio — esbravejou o delegado.

— Continue, Sr. José, o que realmente fez?

— Bom, eu o desacordei com uma pancada na cabeça, depois levei o carro dele de madrugada até a ponte. Chegando lá, joguei o corpo, deixei o carro lá, voltei a pé para a casa paroquial. Quando estava amanhecendo, fui para a rua e contratei uns bêbados para saírem gritando que o padre havia se suicidado e assim depois ninguém sabia ao certo quem começou, logo a população toda estava lá. Eu me arrependi do que fiz, o padre era gente boa e não merecia isso, até comecei a beber, mas já estava feito.

O jardineiro começou a chorar.

Dona Arlete deu o depoimento dela, falou o que o jardineiro José havia falado com ela. O prefeito se negou a depor, iria aguardar o seu advogado.

Somente Dona Arlete foi liberada, o jardineiro José e o prefeito foram presos.

O delegado pediu desculpas ao Abelha por não ter lhe dado assunto. Abelha falou:

— Nem você e o barbeiro Raul, confesso que até eu fiquei meio em dúvidas, mas depois sabia que tinha alguma coisa errada, e é assim mesmo, nada é o que parece ser, foi por isso que insisti e não desisti. Só espero que a justiça seja feita.

Bagatelle sob Investigação de Sherlock

por Rick Bzr

19 de outubro

A maçaneta girou na porta e o perfume de Watson entrou na sala antes que ele pudesse chegar a dar as caras por entre o batente. Entrou tranquilo e me examinou relendo o relatório do último caso que havíamos pegado naquele ano.

— Caso Tâmisa? As famílias dos portuários te mandaram lembranças, Holmes, estão mais tranquilos agora. Como sabe, o sequestrador do Tâmisa havia perturbado várias casas ao longo do rio, por meses diversas crianças sumiram sem solução… até que o Inspetor Lestrade interveio e nos colocaram no caso. No caminho até aqui, passei pelos Correios para enviar o relatório do caso à Coroa, e olhe aqui, tinha este pacote para você. Iriam entregar no fim do dia, mas como já estava por lá consegui trazê-lo antes.

Watson me estendeu a caixa que trazia em mãos e voltou-se para a poltrona que estava à direita de minha mesa, sentando-se nela. Ele me encarava enquanto eu examinava o embrulho de papel. Era uma caixa pequena, cabia facilmente na palma de minha mão. Bem leve também. Porém, tinha um som compassado que vinha de dentro daquele embrulho. Virei a caixa para ler quem a havia enviado, um endereço que me aguçava a curiosidade.

De um lado da carta, estava um endereço bem conhecido por mim: Baker Street, 221B – Londres. Do outro, um local na França... Bagatelle, com um nome não francês acima do endereço. Abri a caixa e me deparei com o pequeno aparelho emitindo um *tic-tac*, um aparelho muito comum igual ao relógio que sempre usei. Mas, em vez de ter uma corrente presa no topo dele, havia tiras de couro nas duas extremidades.

— Interessante — admirava aquele relógio com tiras de couro em minha mão tentando achar suas utilidades. — Me passe a carta, Watson.

— Aqui está, Holmes.

Estendi a mão livre e peguei o envelope. Retirei a carta de dentro e logo reconheci a caligrafia inglesa escrita certamente por um estrangeiro. Reconhecia aquelas letras depois de ler tantos projetos de invenções de meu amigo. Aprendi muito com ele no tempo em que me "aposentei" após o incidente na Suíça, há quase duas décadas...

> *Caro amigo Holmes, venho por meio desta carta lhe pedir um favor. Você sabe muito bem que não gosto de pedir favores, mas acho que desta vez sua ajuda será muito necessária.*
>
> *Como deve ter observado em minhas anotações enquanto esteve hospedado em minha residência, sabe que estou trabalhando em uma invenção que pode mudar tudo. Os*

franceses a chamaram de Oiseau de Proie quando realizei os primeiros testes em campo meses atrás.

Aqueles irmãos americanos têm me ajudado há algum tempo com essa criação. Trocamos diversas ideias ao longo dos anos sobre como poderíamos melhorar nossos projetos. Há três anos, eles fizeram um de seus projetos finalmente levantar voo, realmente a máquina se ergueu do solo. E isso me deu mais forças para continuar minha empreitada com esse equipamento de voo.

Tenho um último voo teste agendado para dia 23 de outubro, depois teremos uma pausa para nos prepararmos para a prova final, que será no dia 12 de novembro no campo de Bagatelle, daqui a pouco mais que três semanas.

Suspeito que minha invenção esteja em risco. Fiz alguns voos de teste em agosto e setembro, mas alguma coisa aconteceu nesses dias. Estava tudo em ordem quando conferi horas antes de entrar na área do campo, não tinha nada para dar errado. Porém, no primeiro voo de setembro, as rodas do trem de pouso se soltaram assim que toquei o chão. Não quebraram, se soltaram como se alguém tivesse tirado os parafusos segundos antes de eu decolar. Em agosto também tive algumas avarias, nada grave, mas agora começo a achar que tenha alguém atrás desses "acidentes".

A polícia da França não encontrou nada de suspeito que pudesse apontar um culpado nisso tudo, por isso peço um olhar mais focado nessa investigação. Um olhar que só você teria, meu amigo.

PS: Na última vez que nos falamos, lembro-me de te dizer que estava com problemas para marcar o tempo durante meus testes. Na caixa terá minha última "adaptação". Espero que goste do presente.

Abraços de seu amigo, Alberto D.

— Watson...

Olhei dentro do envelope e havia também algumas fotografias dos inventores na entrada do aeroclube. Todos pareciam bem animados em participarem do evento. Alberto com seu chapéu estava à direita, junto com um rapaz mais jovem, os dois americanos quase carecas estavam ao centro, e à esquerda dois homens de roupa elegante e bigode charmoso.

— ...e então, Holmes?

— Meu caro Watson, embarcaremos o mais rápido possível para Bagatelle. Temos uma visita a fazer ao aeroclube francês — disse, enquanto me levantava da poltrona animado com mais um caso.

— Irei avisar Mary e na volta compro as passagens para França.

Já fazia alguns anos que não via Alberto. E ir vê-lo testando uma de suas invenções me animava mais ainda. Assim que o doutor fechou a porta, corri para minha mesa para escrever uma carta em resposta. Quando saímos do escritório, postei a carta avisando que estaríamos chegando em alguns dias ao local do prêmio.

21 de outubro

Chegamos a Bagatelle dois dias após nossa partida de Londres. Alberto nos aguardava na estação de trem. Logo que desembarcamos, ele correu para nos cumprimentar.

— Como é bom ver vocês, meus amigos. Espero que tenham tido uma boa viagem para cá.

— Não podíamos deixar de presenciar um evento desse tipo, meu caro Dumont. E também temos um mistério a resolver para você fazer história, não é mesmo?

— Hahahaha! Holmes, vejo que descobriu como usar o relógio — falou, apontando para meu pulso. Havia conseguido travar as tiras de couro e agora o relógio estava de fácil acesso sempre que eu quisesse.

— Tenho uma dívida eterna por terem vindo até aqui para me ajudar nesse caso.

— Holmes e eu estamos ansiosos para conhecermos sua *Oiseau de Proie*.

— Mas claro. Vamos já para o hotel que reservei a vocês, quarto 22-05, no Hotel A. Ignatius, que tem vista para o campo, depois vamos para lá. Vou apresentar para vocês minha máquina voadora.

Alberto, Watson e eu seguimos nosso rumo até o apartamento onde deixaríamos nossos pertences e depois fomos ao local. Caminhamos por um bom tempo, colocando as conversas em dia, até chegarmos a um grande galpão construído por ele para guardar suas criações.

O local tinha de tudo, ferramentas organizadas por cima de cada mesa que existia naquele galpão. Papéis e mais papéis com desenhos e plantas de todo o tipo de invenção que surgisse na mente de Alberto. No centro do lugar, havia sua enorme criação, toda feita de estrutura de bambus com várias juntas de metal e coberta em diversos locais por seda. Não qualquer seda, mas sim seda japonesa. Bem leve. Um garoto com roupas sujas se encontrava próximo dela, levando as coisas espalhadas para seus devidos locais. Quando nos viu entrando, correu para nos receber.

— Olá, Sr. Dumont, vejo que voltou mais cedo do que o previsto. — O jovem era o mesmo que estava na foto junto com a carta. — Terminei de arrumar o hangar da *Oiseau*, tudo em ordem?

— Claro, Thomas, está liberado, já. Venha até aqui, rapaz. Quero que conheça dois amigos meus. Sherlock Holmes e John Watson, de Londres.

Estendi a mão cumprimentando-o, notando um olhar de desconfiança nele enquanto chegava perto de nós, mas logo o olhar desapareceu do rosto e ficou mais amistoso.

— Olá, senhores. É um prazer conhecê-los pessoalmente. Ouvi falar bastante das suas investigações, já.

— O prazer é meu, jovem Thomas. Vejo que tem bastantes afazeres por aqui junto com Alberto.

— Sim, trabalhando com Sr. Dumont o serviço nunca acaba. Tenho uma leve inveja pelas criações que saem da mente dele.

Trocamos mais algumas palavras sobre os trabalhos de Alberto e então o jovem foi dispensado por ora. Ficamos admirando aquela enorme criação por muito tempo. Alberto nos mostrou como funcionava o sistema de controle e também como havia mexido em um motor comum para que ficasse leve para voar e ainda assim tivesse força para fazer o aeromodelo decolar do solo.

À noite, fomos jantar em um restaurante próximo do hangar junto com os irmãos americanos, Wilbur e Orville. Eles nos contavam animados como tinham trabalhado junto com Alberto há anos na invenção de uma máquina voadora, e teriam até feito um modelo anos antes que conseguiram fazer voar. Porém, usavam uma espécie de catapulta e trilhos para pegar impulso e conseguir planar no ar por alguns segundos.

Eles haviam ido até Bagatelle para contemplar a invenção e o feito do amigo. Nem tinham inscrito invenção alguma para participarem. Pelo que falaram, estavam ali apenas para verem os participantes do prêmio. Estavam na França desde o começo de agosto acompanhando os avanços e dando ideias para a criação de Alberto.

22 de outubro

No dia seguinte, começamos nossas investigações. Andei pelo campo o dia inteiro enquanto Watson ficou no hangar junto com Thomas e Alberto, que faziam os últimos reparos no aeromodelo para a prova do dia seguinte. As pessoas andavam de um lado ao outro por ali sem se darem conta de que teriam uma incrível surpresa no dia seguinte. Poderia bem ali ser o local de um marco onde o homem conseguiria voar pela primeira vez com algo mais pesado que o ar.

Quando estava para anoitecer, voltei para o apartamento e esbarrei com um senhor de bigode charmoso e óculos arredondados. Louis Nicholas estava hospedado no mesmo hotel que eu e Watson. Pedi desculpas por não tê-lo notado antes e segui para meus aposentos. Quando subi ao quinto andar, notei um falatório no quarto ao lado. Entrei no quarto 22 e corri para encostar minha orelha próxima à parede que dividia os cômodos, tentando entender o que acontecia ali.

Parecia ser a voz de um jovem discutindo com um senhor. Só conseguia pegar algumas palavras meio cortadas. "Registro de voo", "focar a atenção", "Dumont" e "sabotagem". Não precisava de muito mais para saber que naquele quarto sabiam o que estava acontecendo com o modelo de Dumont. Assim que a discussão cessou, fui até a porta e escutei passos no corredor, então abri lentamente para espiar. Watson perdeu o equilíbrio e quase caiu por cima de mim, ele estava olhando para o final do corredor e não me viu abrindo a porta. Eu me recompus e voltei o rosto para fora do quarto, mas o corredor estava vazio. Ninguém mais andando por ali.

— Que isso, Holmes? — perguntou o doutor enquanto ia em direção a uma das camas para se deitar. — Por pouco não te derrubo e vamos os dois pro chão. Por que abriu a porta daquele jeito quando cheguei?

— Acho que estamos dormindo ao lado de inimigos, Watson. Entrei faz alguns minutos e acompanhei por cima uma discussão no quarto ao lado.

— Discussão? De que tipo? Acha que tem ligação com a invenção de Alberto?

— Provavelmente. Eles tinham encerrado a discussão pouco antes de chegar, corri para a porta tentando espiar para ver quem estava ali, mas depois de sua entrada triunfal acabei perdendo quem quer que fosse de vista.

— Não entendo, Holmes. Quando fui abrir a porta, só havia eu e um dos irmãos Lumière, que estava na recepção, esse me acompanhou até aqui em cima. Ele está no quarto ao lado do nosso, mas não acho que sejam suspeitos de nada, afinal eles também são inventores.

— Não descartamos ninguém, Watson. Sei o que ouvi pelas paredes...

Aquilo não me cheirava bem. Alguém que estava acompanhando as sabotagens a Dumont estava bem no quarto ao lado e deixei escapar. O jeito seria ficar de olhos abertos no dia seguinte para marcar prováveis suspeitos...

23 de outubro

Estávamos todos afobados quando a máquina de Alberto decolou do chão. Era uma manhã de sol, perfeita para um feito daquele. Perfeita para fotografias e filmagens.

Meu olhar se dividia entre a máquina e os irmãos Lumières, aqueles dois sabiam de alguma coisa. Eles poderiam estar tramando algo contra Alberto. Thomas tinha se afastado da máquina logo que ela pegou tração e começou a andar pela grama. Ele se aproximou dos dois e conversou alguma coisa. Pareciam tensos.

Assim que as rodas deixaram o chão, a multidão que assistia entrou em frenesi, perdeu o controle e começou a pular e gritar de emoção. Fui contagiado por aquela energia e vi a máquina a mais ou menos dois metros de altura percorrendo uma boa distância para frente.

— Holmes, você acredita no que estamos vendo? Isso é incrível — Watson estava mais empolgado do que o próprio Dumont. — Opa. Holmes, olha ali.

Watson me tirou a atenção de Thomas e os Lumières e me focou na mesa de jurados, que estavam de pé e surpresos. Não conseguiam reagir ao que viam. Ao lado dos jurados, os irmãos Wright permaneciam quietos e aplaudiam o feito sem demonstrar grandes expressões de alegria no rosto.

Assim que o aero pousou, a multidão cercou Alberto dando os parabéns pela invenção e comemorando o voo. Watson e eu íamos correr para a multidão quando notamos os jurados discutindo com Auguste alguma coisa muito grave pelos gestos que faziam. Orville partiu em direção à multidão enquanto Wilbur foi de encontro aos jurados, que discutiam.

***

— Como assim? Não acredito nisso.

— Em nome do Aeroclube, Sr. Dumont, eu lhe peço as mais humildes desculpas. O senhor irá receber a Taça Archdeacon e até o dia da prova final tudo estará em ordem.

— Entendo, júri — Alberto buscava se acalmar enquanto olhava para a multidão na porta do hangar. — Vou fazer os reparos necessários e deixá-la pronta para a prova, mas dessa vez não pode haver esse tipo de erro. E vocês dois — falou, olhando aos irmãos cinematográficos — tinham me prometido que iriam registrar esse momento na sua invenção. E agora me dizem que alguém danificou as lentes de todos os aparelhos de vocês? A sorte foi que tinha muitos olhos aqui hoje, senão iriam duvidar de mim pelas ruas…

— Não haverá mais falhas, senhor. Prometo.

— Prometemos, Dumont, iremos arrumar nossos equipamentos e registraremos seu voo no dia 12.

O júri saiu de cabeça baixa junto com os Lumières do hangar enquanto Alberto respirava ofegante. Olhou para nós cinco ali dentro com um misto de nervosismo e entusiasmo. Orville quebrou o silêncio.

— Parabéns, Dumont. Fico extremamente feliz em ver que sua invenção funcionou, apesar das avarias de pouso, mas o resto foi um sucesso.

— Obrigado, meu amigo. Se não fossem algumas de suas ideias, isso nunca teria sido possível.

Assim que os Wright deixaram o hangar e ficamos só nós quatro, Watson pediu a Thomas para fechar o local para conversarmos sem problemas. Assim que o assistente se afastou de nós, eu me aproximei e cochichei para que fosse ao nosso quarto, pois dali a alguns dias teríamos mais provas sobre as sabotagens e indiquei o assistente com um olhar de suspeitas. Por sorte, Alberto pegou o recado e assentiu com a cabeça.

Thomas retornou, conversamos sobre o dia de voo e logo fomos embora para nossos quartos.

9 de novembro

Estava fazendo minha ronda rotineira pelo campo como se fizesse uma casual caminhada, enquanto observava o que acontecia ao redor. Pessoas de todo tipo andavam por ali durante a madrugada toda, naquela cidade parecia que ninguém nunca dormia.

Observei um bêbado andando sem rumo próximo do hangar de Alberto e fiquei à espreita. Assim que um grupo de pessoas mais próximas se afastou dele, ele corrigiu os passos e foi em direção ao galpão, ia de um lado ao outro e esbarrava nas travas da porta, certamente tentando invadir e possivelmente danificar a invenção de Alberto.

Aproximei-me o mais furtivamente que conseguia e em certo momento o bêbado forçou até estourar um dos cadeados. Notei dois guardas chegando perto do galpão. A porta do local já começava a ser aberta. Fiquei sem tempo.

— HEEEY!! POLÍCIA! — gritei, chamando a atenção deles e apontando para o galpão. — INTRUSO!

Os guardas correram na direção em que apontava, mas antes de conseguirem ver a entrada do galpão o bêbado já tinha se jogado para dentro. Consegui me aproximar da porta poucos segundos depois que os oficiais tinham chegado. Identifiquei-me e avisei a eles o que tinha visto e logo entramos no galpão empunhando lanternas. Estava tudo escuro lá dentro, só víamos os vultos das coisas que estavam no local dentro daquela penumbra.

Os fechos das lanternas iam de um lado ao outro e nada do invasor. Verificamos tudo e não conseguimos achá-lo lá dentro. Voltei-me para a porta por onde entramos e notei que havia um alicate jogado no chão próximo do cadeado estourado. Os guardas me disseram que iriam ficar mais atentos ao galpão nos próximos dias.

Fiz mais umas horas de ronda e voltei para o apartamento.

11 de novembro

Estava no quarto me preparando para dormir quando Watson entrou com o rosto cansado. Parecia ter corrido a noite inteira. Suas botas estavam marcadas por barro úmido, havia barro nas calças até a altura do joelho. Deixei um riso irônico escapar pelo canto da boca e, antes de perguntar, o doutor já me cortou.

— Vou tomar um banho primeiro. Depois conto o que houve no campo.

***

Depois de ter se banhado, o doutor sentou-se na cama ao meu lado e começou a me pôr a par do que houve naquela noite.

— Percorri todo o campo, assim como estávamos fazendo há dias, observando tudo o que acontece ali durante a noite para nos prepararmos para qualquer surpresa que pudesse ocorrer. Lembra que hoje pela manhã Alberto comentou sobre o campo estar molhado? Mesmo sem ter chovido ontem à noite, várias partes do campo estavam úmidas e cheias de lama. Fui verificar os pontos de água quando notei uma figura chegando por aqueles lados carregando uma bolsa enorme. Pensei que fosse algum trabalhador voltando de um dia de serviço e tentava cortar caminho pelo campo, mas quando chegou ao lugar onde havia as poças, ele simplesmente rasgou a bolsa e deixou uma grande quantidade de água cair no local. Logo em seguida foi embora. Fiquei observando de longe e notei que voltava com outra bolsa idêntica. Assim que a rasgou, eu saí das sombras e fui para cima. Estava óbvio que era uma sabotagem no campo para o voo de Alberto. Corri o máximo que aguentei, e por culpa da lama que segurava meus passos naquele lamaçal não consegui alcançá-lo.

— Interessante. Num dia tentam sabotar o aeromodelo, como não conseguem, então partem para sabotar a própria área do prêmio. Acho que esse sabotador está um pouco desesperado para impedir o sucesso iminente de Alberto com sua invenção.

— Então temos alguém próximo de Alberto tentando impedir seu sucesso. Alguém que tem acesso ao galpão, pois pelo que disse, o invasor aquele dia roubou alguns projetos da gaveta dele, a pessoa ficou dois minutos dentro do hangar e foi direto onde estavam os documentos.

— Provável que seja alguém querendo copiar o sucesso dele, roubando as ideias que ainda não saíram do papel. Talvez ele não esteja trabalhando sozinho, Watson... — Inclinei a cabeça para o quarto ao lado fazendo se lembrar do dia da discussão.

12 de novembro

O aeromodelo de Alberto tocou o chão após um incrível voo. Foram duzentos e vinte metros de distância desde a área de decolagem até o pouso. Todos estavam enlouquecidos com o que viam naquele dia. Acordei logo cedo e fui junto com os amigos de Alberto para o campo. Watson foi resolver algumas questões durante a manhã e nos encontraria no hangar por volta das quatro da tarde.

***

No final da tarde, nos encontramos no hangar para parabenizar Alberto pelo feito e por ter ganhado o prêmio do aeroclube.

Os Lumières dessa vez confirmavam que tinham registrado todo o voo e logo entregariam o material a ele. Thomas ajudou a trazer o aeromodelo para dentro do hangar a fim de revisar e fazer as manutenções necessárias. Orville e Wilbur estavam alegres até demais quando entraram no galpão, abraçaram e vibravam comemorando o feito. Assim que saíram, notei algumas pedras de barro seco no caminho deles e pedi para Watson dar o sinal ao guarda.

Em dois minutos, os dois irmãos estavam sendo algemados. Alberto me olhou confuso e veio me confrontar sobre a situação.

— Desculpe pelo alvoroço, Alberto, mas eles são culpados pelos acidentes que você vem sofrendo com sua máquina voadora.

— Como assim, Sherlock? Eles estão trabalhando junto comigo já faz mais de seis anos. Nós nos ajudamos com cada invenção que pensamos desde sempre. Achei que tivesse me dito para ficar de olho no Thomas, e que ele poderia ser o causador disso tudo.

— Sim, não duvido que vocês se ajudassem durante muito tempo. Porém, seus amigos ali não queriam perder o posto de "primeiros a voarem". Alberto, você me disse que alguém havia retirado os parafusos das rodas de sua criação, pois então, Watson encontrou algumas chaves e parafusos no apartamento dos Srs. Wright hoje pela manhã.

— Isso deveria dizer alguma coisa? Eles são inventores também e não acho que vocês teriam permissão para invadirem quartos assim!

— Certamente não temos, mas por que inventores trariam ferramentas a um evento sendo que eles próprios não estariam participando? Também temos outras provas. Seu primeiro projeto que sumiu foi há quatro anos, certo? Um fato interessante, pois faz três anos que eles apresentaram um modelo semelhante ao seu, aerodinâmica e formato. Porém, impulsionado por trilhos e catapultas. Ficaram até que bem conhecidos pelo feito, mas nos últimos voos o aeromodelo se danificou muito e não o consertaram até o momento. Eles estão trabalhando em segredo para construírem um novo modelo para colocarem no evento e enfim ganharem o devido reconhecimento. — Dei um tempo para todos absorverem as informações e então continuei: — Eles se mantiveram perto o tempo todo para ganhar sua confiança, mas não iriam deixar você ganhar tão fácil assim. Nós ouvimos algumas discussões sobre sabotagens próximas ao dia do teste, discussões que se tornaram reais e me confirmaram algumas suspeitas. Thomas descobriu que alguém iria atrapalhar os registros de voo naquele dia, fato que aconteceu e deixou todos indignados. Os Lumières disseram a verdade, não tinha sido culpa deles. Orville foi até o quarto deles na noite anterior para distrair um dos irmãos enquanto Wilbur entrou pela janela e danificou levemente seus equipamentos. Assim não conseguiriam registrar nada no dia do teste.

Alberto olhava indignado para os amigos algemados.

— Mas e quanto ao Thomas? Fiquei vigiando-o como vocês me pediram.

— O jovem Thomas era uma suspeita até a invasão ao galpão dias atrás. Não faria sentido algum alguém como ele, que tem acesso fácil ao interior do hangar, precisar arrebentar o cadeado com um alicate. Se estiver correto, Thomas deve ser a única pessoa além de você a ter uma cópia das trancas desse local, não é mesmo?!

— Correto.

Enquanto Alberto confirmava meu raciocínio, Thomas retirava dos bolsos um molho de chaves para me mostrar.

— Além do mais, Alberto, notou o quanto de barro tem nos sapatos de nosso amigo Wilbur?

Todos ali reviraram o rosto e encararam os pés dele, lama seca por toda a bota.

— Ontem, Watson estava fazendo a ronda por aqui, observando o que se passava no local antes das provas. Notamos que não existe uma vigilância sob quem entra ou sai do campo. Em certa hora, uma pessoa veio até a área onde seria feito o voo e descarregou uma boa quantia de água para formar lama e deixar o solo instável para a prova, uma forma de retardar ou até mesmo danificar mais sua invenção.

Alberto ficou chocado com as informações, mas deu para ver que havia entendido o que aconteceu ali. Fora usado por anos por aqueles dois sem perceber e poderia ter morrido por causa da inveja de "amigos".

— Guardas, podem levá-los, irei à delegacia pela manhã abrir queixa contra esses dois.

Os guardas se retiraram levando os irmãos enquanto todos ali ficavam pensando em como quebrar o clima de constrangimento que havia se instaurado nos últimos minutos.

***

O restante da noite foi de festa, todos haviam ido ao restaurante do hotel comemorar o voo de Alberto Santos Dumont com sua *Oiseau de Proie*. Alguns repórteres invadiram civilizadamente o local para perguntarem como seriam dali em diante suas criações, como se sentia sendo o primeiro homem a voar numa coisa daquelas, e como se chamaria a invenção para poderem divulgar nos jornais.

Alberto respondeu a tudo com a maior tranquilidade.

— E quanto ao nome da invenção, bom, estive pensando a respeito e se não fosse pela investigação de meu amigo aqui, provavelmente eu não teria conseguido concluir a tarefa. Então, espero que goste, Holmes. O avião será chamado de *Bagatelle Investigada por Sherlock*. E como ela é minha décima quarta invenção voadora, assim também terá o 14 no nome — Alberto fez uma pausa respirando fundo — Podem chamá-la de14-BIS.

Honre a sua liberdade!

por Gabriely Peruch

— Sr. Collins?

A porta de minha cela se abre e uma policial trajando de sua farda preta se posiciona à frente dela.

— Você tem visita!

Fazia tempo que não ouvia isso. E agora, pela primeira vez em anos, alguém, seja lá quem for, veio me visitar. O que era superestranho, já que fui praticamente esquecido por minha família, meus amigos me odiavam e bom, eu nunca tive uma namorada. No entanto, alguém me esperava no fim daquele corredor escuro, sabe-se lá para quê.

— Detetive Dante?! — Eu me espantei ao me deparar com uma figura pálida, meio gorda, de cabelos grossos e quase totalmente grisalhos.

— Olá, Sr. Collins! Quanto tempo, hein? — disse ele, com um sorriso largo.

Fui preso do outro lado da mesa, de frente para o homem que me algemou há seis anos.

— O tempo não fez bem para você, pelo que vejo — seu olhar estranhamente feliz passou a ser um olhar medonhamente debochado.

— O que te trouxe aqui? — perguntei, apoiando minhas mãos sobre a mesa.

O detetive sorriu para mim, o que me deixou levemente assustado. Então ele me falou de uma tal missão que devolveria minha liberdade, aniquilando todos os anos que faltavam para cumprir minha sentença. O plano parecia bom, me trouxe esperança, eu poderia voltar para casa. Tirando o fato de ser uma missão de risco, da qual eu poderia não mais voltar. Para lugar nenhum. Mas eu queria tanto sair daquele lugar, que a ideia de morrer não entrava na minha cabeça, eu aceitaria com certeza.

— É a sua chance de sair, Collins, seja vivo ou não — um olhar frio dominou seu corpo. Como se, de fato, ele fosse me matar assim que eu saísse daqui.

— Eu topo — sabia que não era uma boa ideia, mas...

— Isso não era um convite, você iria mesmo se não quisesse.

"Eu quero te matar você não percebe?", pensei. Ele sorriu para mim mais uma vez.

— Arrume-se, voltarei às seis para te buscar.

Era engraçado ele falar para eu me arrumar, eu não tinha nada, somente as roupas do corpo. Como disse antes, eu tinha sido esquecido, mas estava feliz em sair, mesmo que fosse para morrer.

Por volta das seis da tarde, ele voltou para me buscar como prometido. Caminhamos até uma viatura, seria ela o nosso transporte. Estava saindo do mesmo jeito que entrei, que irônico. Seguimos até a central do FBI, meu antigo trabalho. Eu havia sido preso há alguns anos porque eu e mais uma colega fomos acusados de desvio de renda dentro do FBI e assassinatos. Isso estragou minha imagem com certeza, perdi meu distintivo e minha liberdade. E hoje eu tinha a chance de recuperar tudo isso.

O lugar era o mesmo, mas não as mesmas pessoas. Reconheci alguns amigos, eles estavam tão surpresos e eu feliz por estar de volta. Fui guiado até a sala do detetive e me deparei com a esplêndida figura de minha antiga parceira de crime.

— Sarah Patterson?

— Grande Belone Collins! Bom te ver, *cara*.

— Ela vestia uma calça justa e uma camisa preta, com um grande cinto de utilidades.

— Você também foi convocada?

— Sim — ela se levanta da mesa à qual estava sentada —, em breve estaremos livres!

— Isso se não morrermos antes.

— Sempre tão *negativo* — ela põe o dedo indicador direito no meu peito.

— Sempre tão *otimista* — respondi, tirando o dedo dela do meu peito.

Nós nos olhamos por alguns segundos, seis anos separados haviam nos deixado bem diferentes.

— Senti sua falta — disse ela.

— Eu também — disse, abrindo meus braços, praticamente implorando para um abraço.

— Sem essa, Belone — colocou as mãos na cintura e abriu um sorriso sarcástico.

— Ah, pelo menos eu tentei — e fechei meus braços.

O Detetive Dante cortou nossa recepção calorosa para iniciar as novas regras que precisaremos cumprir, nos passou as coordenadas e duas passagens. Ao fim, entregou nossos distintivos. Assistente Especial do FBI.

Sarah passou o resto do dia intrigada e meio inquieta. Seu belo sorriso não estava tão radiante como quando chegamos. Ela parecia aflita com algo, talvez com a notícia de que atravessaríamos o continente até o nosso destino. África do Sul.

— O que foi, Sarah?

— Você não acha isso meio estranho? — perguntou, com uma voz desanimadora.

— O quê?

— Estivemos presos durante seis anos e agora temos o direito de liberdade, mas pra isso uma missão nos aguarda. Na África do Sul.

— Aonde você quer chegar com isso?

— Pare pra pensar, nos prenderam injustamente! Eu não roubei nada e nem matei ninguém. E você também não. E agora o Detetive Dante quer nos dar um chance?! Que loucura!

O olhar dela congelou no distintivo em cima da mesa, o desespero tomou conta de seus olhos, sua face demonstrava aflição. Então ela chorou.

— Não nos deram a chance de nos explicar. Perdi minha família, minha carreira… — ela sussurrava em meio às lágrimas, e eu apenas a observava. Ela se abraçava e balançava para frente e para trás.

— Que culpa você tem para merecer uma segunda chance? — olhou para mim. — Quando Dante disse que era uma missão de risco e poderíamos morrer, é porque ele mesmo vai nos matar.

— Por que ele faria isso?

— Para acabar com as provas. Ele sabia que mais cedo ou mais tarde sairíamos da cadeia e iríamos atrás de respostas. E uma hora ou outra a máscara dele iria cair.

Era bizarro pensar nisso, dizer que o Sr. Dante era o culpado e queria nos aniquilar para acabar com as provas que o condenavam. Era patético, mas fazia sentido.

O plano era o seguinte: amanhã bem cedo seria nossa partida, se for verdade mesmo, o Detetive Dante precisará ter certeza de que entramos no avião. Sarah deduziu que os nossos distintivos estão grampeados, e que seríamos rastreados facilmente. Então iríamos colocá-los em outra pessoa com o mesmo destino que o nosso, assim ele vai pensar que definitivamente estamos no avião rumo ao matadouro.

E, enquanto isso, arrumaríamos um lugar para ficar, agiríamos no sigilo. O plano parecia perfeito, mas diferentemente de Sarah, eu estava com muito medo. Medo de sermos descobertos e Dante ficar furioso a ponto de explodir o continente para nos matar.

— Vamos dormir. Amanhã colocaremos nosso plano em ação! — disse Sarah, enquanto arrumava a cama.

— Você não está com medo? — perguntei, segurando um travesseiro.

— Deixei de ter medo quando me vi presa naquele lugar horrível.

Comecei a me lembrar da eternidade que pareciam ser os dias naquele lugar sujo, sendo obrigado a compartilhar tudo, até a cama. Sarah havia me contado como era torturante a hora do banho, dezenas de mulheres juntas no mesmo banheiro com águas congelantes descendo pelas costas, sendo o mais rápido possível para conseguir sair primeiro e pegar a toalha mais seca, para não ser obrigada a usar uma encharcada. Tinha momentos que ela preferia nem tomar banho, pois era nojento e absurdo demais.

— O Dante vai me pagar por todos esses anos! Sendo ele culpado ou não — e deitou.

No dia seguinte nos acompanharam até o aeroporto e logo quando saíram colocamos nosso plano em ação e seguimos de volta para o apartamento. Sarah desenvolveu um programa que a permitia se conectar a qualquer sistema que usasse redes móveis, inclusive os do FBI. Fizemos a conexão e acessamos as últimas atividades do sistema, uma porção de casos resolvidos e em andamento. Recuperamos as senhas trocadas e entramos no computador do Dante.

Páginas abertas e contas a pagar, como a de nossa viagem para a África. Os documentos dele estavam abertos, e um deles era um e-mail recém-enviado, as datas eram próximas, mas uma, apenas uma, era há muito tempo. Há seis anos. O e-mail tinha a seguinte informação: "Meus primeiros alienados estão jogados em algum canto do mundo, mas possuo dois divergentes associados. Sarah Patterson e Belone Collins.".

— Ele nem se deu ao luxo de excluir isso da lixeira. Que inteligente! — disse ela, rindo.

A "lixeira" a que ela se referia era a nuvem, onde com certeza estavam todos os arquivos compartilhados pelas redes móveis. Sendo eles excluídos ou não.

— Ele tinha preparado outro, mas estava fora de seu alcance. Então ele nos usou! — fiquei meio chateado e bravo.

— Ainda o admira? — ela parou de digitar e olhou para mim.

— Ele me ensinou tudo o que eu sei, foi o autor da minha carreira — respondi e comecei a chorar.

— É, e ele acabou com a sua carreira com apenas um par de algemas.

Ela tinha razão, precisávamos acabar logo com isso.

Nas semanas seguintes, investigamos tudo sobre a vida dele, e já tínhamos o suficiente para incriminá-lo, só precisaríamos convencer todos de que nossas provas eram verídicas. Até os pequenos casos eram aceitáveis. E precisavam vir à tona.

Aquele era o dia que Dante iria finalmente para a cadeia, tirando o fato de que ele descobriu tudo. Nosso plano foi falho quando esquecemos que ao chegar à África alguém estaria nos esperando, e no caso ninguém apareceu nas últimas três semanas. Dante estava no nosso apartamento, com Sarah nos braços e uma faca em seu pescoço. Ela chorava desesperadamente, e eu sem reação implorei por calma da parte dele.

— Achou que realmente iria dar certo? Hahaha! Não mesmo! — disse ele, apertando o pescoço de Sarah.

— Dante, por favor, solte ela — levantei minhas mãos.

Sarah olhava para mim e com as pontas do dedo apontou sem que ele percebesse para o notebook. Tentei entender o que ela queria dizer, então depois de muito tempo compreendi. Nossa conta estava conectada no FBI, e com apenas um clique todos de lá poderiam nos escutar. Como um alto-falante. O aplicativo desenvolvido por ela era incrível. Só precisava de um jeito de fazer ele se afastar para que eu pudesse usá-lo.

Por um segundo, me enchi de coragem e voei para cima dele, ele soltou a faca do pescoço de Sarah e a apontou para mim. A faca acertou minha barriga e eu caí.

— Belone! — Sarah se soltou de Dante e caiu sobre mim.

— O notebook... — sussurrei.

Ela se levantou furiosa e começou a brigar com Dante. Ela apanhou muito dele, a ponto de não ter forças para se levantar, mas com muita dificuldade se arrastou até o notebook e apertou o botão da escuta. E em questão de segundos todos do FBI nos escutavam.

— Você se acha tão forte, né, minha querida? Vocês já eram... — Ele jogou Sarah sobre a mesa, que se partiu ao meio, jogando papéis, cadernos, pratos e o notebook no chão. Por sorte ele não se fechou, o que fez o programa da escuta continuar ligado.

Ela levantou o rosto e cuspiu nele.

— VOCÊ já era! — disse ela.

— Olhe para vocês! Não precisava ser assim, mas vocês não quiseram me obedecer.

Ela parecia um maníaco segurando uma faca com pequenos respingos de sangue na ponta e em sua camisa.

Enquanto a gente morria lá, o FBI parou, e ficaram a escutar as vozes aleatórias que saíam dos alto-falantes. Um deles reconheceu. Detetive Dante. Escutaram o plano mirabolante dele de nos matar e ficaram perplexos. Localizaram nosso apartamento e enviaram uma viatura até o local.

— Ah, Belone, você era como um filho — ele começou a chorar (o que era estranho), e eu tentei me levantar. — Por que você teve que desconfiar de mim, não precisava ser assim!

— Você quis assim! — Ele puxou da cintura um revólver como quem tentava me afastar.

Caminhou até mim, ali jogado do outro lado da sala. Apontou para mim, e eu logo pensei que seria meu fim, que morreria ali, naquela situação horrorosa de defesa. Medo, raiva, desespero. Foi quando eu vi pelos vidros uma pequena luz vermelha, era a minha salvação.

Dante chorava enquanto segurava o revólver, com os dedos no gatilho.

— Acabe logo com isso… — eu disse.

Dante ficou parado de raiva. Ele não tinha medo de matar alguém, mas tinha medo de *me matar*.

— Vai logo, Dante! Me mate!

— Cala a boca! Não me obrigue a isso.

Então ele se jogou no chão ainda com o revólver na mão. E nesse instante os policiais invadiram o apartamento. Dante levantou os braços e se rendeu a eles com o rosto coberto de lágrimas.

— Belone — diz um dos policias, eu ergui o rosto. — Quer fazer as honras?

Honras. Foi isso que me tirou da cadeia. Honrar minha liberdade. Com dificuldade, eu me levantei e peguei um par de algemas com as mãos cheias de sangue. Virei os braços deles para trás, o que me fez lembrar do dia em que *ele* me prendeu.

— Detetive Dante, você está preso! — Vi o corpo dele sendo arrastado pela sala enquanto ele chorava. Tratado como animal e eu como herói.

Tudo enfim parecia certo. Olhei de um lado para o outro, eu estava definitivamente livre. Estava livre de todas aquelas grades, de todas aquelas pessoas, mas por outro lado, triste em saber que Dante era o verdadeiro culpado. Fomos encaminhados a um hospital, passei por uma pequena cirurgia, por sorte o corte não foi profundo. Minha cabeça doía. Dante havia sido preso. Ele planejou tudo tão perfeitamente, as provas, as acusações, tudo parecia tão real que até eu duvidava, cheguei a pensar que eu havia realmente feito aquilo tudo. Ele enriqueceu em questão de semanas, e ninguém desconfiou dele, ninguém parou para analisar o caso, simplesmente nos prenderam sem direito de defesa. Foram os piores anos da minha vida, e agora estava acabado.

Fui visitá-lo pouco tempo depois do ocorrido, foi a cena mais triste que já presenciei. Fui obrigado a ver o cara que formou a minha carreira definitivamente preso, jogado como um qualquer.

— Oi, Dante — eu disse, me sentando na cadeira que antes ele havia ocupado.

Porém, ele não disse nada, ficou apenas encarando as minhas mãos apoiadas sobre a mesa. Seus olhos estavam congelados, não existia mais cor ali. Creio que ele se sentiu ainda mais vazio que eu.

Apoiei os cotovelos na mesa e o encarei. Minha vontade era de esfregar a cara dele sobre essa mesa de metal só para descarregar a tremenda raiva que eu estava sentindo naquele momento.

— E então, como se sente? — perguntei num tom irônico.
— É frio aqui, não é? Espero que você morra congelado!

Seu olhar ainda estava preso, grudado na mesa. Sua feição estava perdida, não era mais o mesmo Dante de duas semanas atrás. Não era mais um cara determinado, audacioso e mandão. Era um homem qualquer, um carrasco trajando um macacão laranja.

— Por que fez isso comigo? — perguntei.

E, pela primeira vez, ele olhou para mim, e pude ver seu maxilar tremer. Suas sobrancelhas se curvaram, seu cenho se franziu, mas, ainda assim, nada saiu de sua boca. — Não vai dizer nada? Será que eu não mereço nem um pedido de desculpas?!

Fiquei irritado, meu tom de voz se alterou. De relance, vi um dos policiais me olhando da janela, fiz sinal dizendo que estava tudo bem. Não dava para acreditar que esse homem bem aqui na minha frente foi um dia o meu ídolo, o cara que eu idolatrava, que era o melhor exemplo de vida que eu tinha, mas agora, ele não é nada. Não passa de um tremendo filho da mãe!

— Certo. Não quer papo, né? — falei, observando seu olhar voltar a cair sobre a mesa.

Nada. Nem um suspiro.

— Hum. Adeus, paizinho... — disse ironicamente, me levantando e caminhando em direção à porta.

O policial abriu e eu saí, mas antes que ela se fechasse atrás de mim, eu tornei a olhar para ele, ainda com a porra do olho direcionado para a mesa, com a mesma cara de lunático idiota. Respirei fundo, apertei os dentes, estava chateado e bravo, precisava cair fora dali.

E naquele momento em que Dante se viu sozinho numa sala fria e escura, preso a uma mesa de metal, imaginou tudo o que havia perdido no momento em que o Belone, seu filho, o deixou. Foi como se sua vida inteira tivesse passado diante dos seus olhos, toda a agonia, todas as mentiras, tudo o atingiu em cheio como uma bomba. Seus ossos agora pareciam congelados pelo ar gélido que consumia a sala, e à medida que a porta da sala foi se fechando a sua frente, tornou tudo ainda mais escuro, quase já não se via nada. Tudo se tornou breu, tão escuro quanto sua alma. Sua alma triste e irada.

E depois de alguns instantes após a porta ser fechada completamente, Dante ergue seu olhar, e com a última força de vontade que tinha para fazer qualquer coisa, ele diz:

— Perdoe-me, filho. — disse ele bem baixinho, quase como num sussurro...

E então ele se entregou, a feição perdida deu lugar a um semblante de desespero e abandono. Lágrimas escorriam de seus olhos, ele estava só agora. Não tinha mais ninguém. Eram só ele, as lágrimas, e uma sala tremendamente escura, e cruelmente fria.

O DETETIVE DA ILHA DA MAGIA

POR KLEYSER RIBEIRO

Para quem nunca ouviu esta história, Falcão Mendes é um exímio detetive. Porém, não é tão famoso quanto Sherlock Holmes, nem tão galã quanto os agentes do serviço secreto. Mora em Florianópolis, mas é pouco conhecido pela maioria de seus conterrâneos. Ao passar com sua moto, as pessoas costumam ouvir somente o ronco do escapamento. Na verdade, tudo isso é uma grande vantagem, pois todo detetive deveria ter o poder de ser invisível.

LEMBRANÇAS DO PASSADO

Falcão teve uma infância pobre e difícil. Perdeu os pais aos 14 anos de idade num trágico acidente de trânsito. Na escola, foi vítima de *bullying* e discriminação.

Devido à morte dos pais, foi obrigado a trabalhar desde jovem. Foi entregador de panfletos, garçom, lavador de carros... Frustrou-se quando tentou entrar para a polícia sendo reprovado em todas as seleções. Ao menos, conheceu algumas pessoas do ramo, tal como o investigador Marcos de Souza Santarém.

Por questão de sobrevivência, começou a prestar serviços de investigação para pessoas da favela em que morava. Ganhava somente alguns trocados. Contudo, demonstrava grande habilidade de raciocínio e capacidade de memorização invejável, além da eficiência em desvendar qualquer mistério.

Com o passar do tempo, conseguiu aprimorar as técnicas investigativas e passou a prestar auxílio informal à polícia. Ajudou a desvendar diversos casos de alta complexidade. Todavia, Falcão não conseguia manter um relacionamento prolongado com ninguém e conquistou diversos inimigos.

MOMENTOS DE TÉDIO

Após quase uma semana de tédio, sem nenhum caso, Falcão se encontrava numa crise de ansiedade. Passava horas no próprio divã, em situação de angústia, mas não aparecia nenhuma proposta para um novo caso. Os jornais impressos já não surtiam o mesmo efeito dos anúncios de épocas anteriores e as páginas da internet ainda não resultavam em novos clientes. Os investigadores da polícia não o procuravam mais por causa de uma proibição do novo delegado.

De fato, as indicações de antigos clientes ainda determinavam a maioria dos casos a serem investigados. Porém, a rede de contatos estava muito silenciosa naqueles dias. Hipoteticamente, ou não havia nenhum problema novo na cidade ou já teriam descoberto outro detetive para tratar dos casos mais complexos e inusitados da grande Florianópolis.

Obviamente, nenhuma destas hipóteses estava correta. Era simplesmente questão de minutos para que surgisse uma nova mensagem e fosse iniciada a busca incansável por pistas imperceptíveis para as pessoas comuns. Com técnicas peculiares, obsessão compulsiva pelos desafios e sem nenhuma modéstia, a vida de Falcão tinha um único sentido: desvendar os casos mais desafiadores a qualquer custo.

UM NOVO CASO

Eis que surge uma nova mensagem de e-mail. Em poucas palavras, solicita-se um encontro urgente, em local discreto. Trata-se do possível assassinato de um deputado estadual. O remetente era Dênio, assessor do deputado Vicente Borges de Andrade Carneiro, que havia sido encontrado morto na noite anterior. Na versão oficial, aceita pela polícia e divulgada pelos jornais, ele teria sido vítima de um infarto fulminante. O corpo havia sido encontrado despido sobre a cama de um quarto de motel, sendo que a equipe de socorro teria sido chamada por uma acompanhante que estava com ele. Sem mais informações, mas bastante intrigado, Falcão partiu para verificar se este caso realmente valeria a pena.

Tal como havia sido solicitado pelo assessor, o encontro ocorreu no parque ecológico, próximo à Universidade Federal. Naquele dia de inverno, havia poucos visitantes no local devido a pancadas de chuva e da baixa temperatura.

Entre as perguntas e as respostas, Falcão percebeu que havia algo mal contado na versão oficial, visto que o deputado havia largado a esposa no mês anterior para ter uma relação discreta com o assessor parlamentar. No entanto, este fato era totalmente desconhecido, tanto pela mídia quanto pelos opositores. Ademais, segundo as informações do amante, o deputado se recusava a transar em hotéis e motéis, por medo de ser filmado por alguma câmera escondida.

Portanto, como teria saído com uma garota de programa naquela ocasião? E, como estaria transando num quarto de motel?

— Sim, tenho um caso! — exclamou Falcão em resposta ao assessor, sorrindo discretamente pelo canto da boca.

Início das Investigações

Ao observar a agenda do deputado, Falcão descobriu que ele não teria nenhuma reunião formal no dia anterior. Com ajuda do assessor, obteve acesso também às gravações do circuito interno de câmeras da Assembleia Legislativa, mas não havia nenhuma informação relevante. Soube que o deputado estava concorrendo à presidência da casa, contra o líder da oposição. Contudo, ele não tinha apoio de todos os integrantes de sua bancada e havia discutido com o correligionário Romero Fausto Marins, cujos ideais eram divergentes. Não obstante, as brigas com o líder da oposição eram diárias, sendo que o deputado Epitácio Toledo de Oliveira declarava-se um inimigo mortal de Andrade Carneiro.

No telefone do finado, não havia nenhuma pista de qual seria o destino dele após a saída da Assembleia Legislativa. Dênio disse que nunca saíam juntos, para não deixar pistas sobre a relação, mas será que haveria alguém esperando Andrade Carneiro naquele dia?

No quarto do motel, não havia nenhuma evidência de que alguém havia falecido naquele local na noite anterior, pois tudo estava perfeitamente limpo. Pela hipótese de infarto, a cena do suposto crime não havia sido preservada.

Falcão pensou em seguir alguns deputados para observá-los, mas tinha certeza de que a suposta garota de programa poderia ter mais informações sobre o que realmente teria acontecido. Além disso, sabia que nenhum deputado daria qualquer informação, caso estivesse envolvido no suposto crime.

A Garota de Programa

Com ajuda de Santarém, Falcão obteve o nome da garota que estaria no quarto com o deputado. Tratava-se de Camila, dançarina de uma boate da cidade.

Falcão dirigiu-se imediatamente à boate, mas foi informado pela cafetina de que ela teria ido embora. Sem nenhuma justificativa, havia dito que estava traumatizada com a situação e que não faria mais programa no local. Insatisfeito, o detetive chamou outra garota da boate para um programa, com a finalidade de obter mais informações.

Com a moto, levou a garota até um local discreto, onde fez várias perguntas sobre Camila, oferecendo dinheiro em troca das informações. Descobriu que ela teria ido para Florianópolis há menos de um ano, da cidade de Garopaba, localizada a cerca de 80 km ao sul de Florianópolis. A mãe dela teria um quiosque de lanches no centro da cidade.

Em relação aos deputados, a garota disse que nunca tinha visto Andrade Carneiro na boate. Contudo, havia saído com outros deputados e o principal cliente da boate era o líder da oposição. Sem mais perguntas, Falcão subiu na moto e seguiu imediatamente para a cidade de Garopaba.

O Esconderijo de Camila

Na pequena cidade, procurou por todos os quiosques, até que chegou à mãe de Camila. Pediu um X-salada prensado enquanto observava as sacolas de compras no canto do quiosque e o calendário pendurado na parede, entre outros detalhes. Nas sacolas, observou o nome de uma mercearia. No calendário, encontrou o endereço de uma farmácia. Ao consultar a internet, pelo telefone, descobriu que os dois locais se encontravam numa determinada região da cidade, mas isso não seria suficiente para encontrá-la.

Aproveitando-se da distração de Dona Maria, enquanto ela fazia o lanche, tomou o celular dela de cima do balcão. Por sorte, não havia senha de bloqueio, embora ele tivesse aptidão suficiente para desbloquear qualquer senha. Memorizou alguns contatos da agenda, sem que ela percebesse, e deixou o celular no mesmo local. Depois disso, pegou o lanche e saiu.

Ligou para Santarém, para verificar se ele conseguiria rastrear Camila pelo celular dela. Porém, o investigador da polícia se recusou, por se tratar de uma investigação particular.

Então Falcão resolveu ligar para os números da agenda de Dona Maria, mãe de Camila, na tentativa de obter alguma informação. Para quem atendia, dizia que estava tentando falar com Dona Maria, mas ela não estava no quiosque e acreditava que ela não morava mais ao lado da farmácia. Os primeiros três contatos desconfiaram imediatamente da mentira e desligaram o telefone. Porém, um dos contatos gargalhou e disse que ela nunca havia morado perto da farmácia, informando o endereço correto.

O Encontro com Camila

Ao chegar à casa de Dona Maria, Falcão permaneceu escondido por algum tempo, pois havia alguém dentro da casa. Por fim, Camila saiu em direção ao carro e, neste momento, ele resolveu abordá-la. A garota ficou muito assustada, mas ele não se importou com o estado de choque da garota e começou a fazer muitas perguntas. Camila tentou escapar sem responder, mas aceitou colaborar quando teve certeza de que ele não era da polícia nem lhe faria mal algum.

Bastante nervosa, a garota contou que não estava fugindo e que iria até o quiosque da mãe. Ademais, ela contou que viajaria na manhã seguinte para outra cidade, onde seu pai se encontrava internado. Informou que ele precisava de uma cirurgia e que ela teria conseguido o dinheiro para custear a internação e a cirurgia em um hospital particular.

Sobre o caso do deputado, a garota disse que tinha sido chamada por um homem para um programa. No entanto, ao chegar ao motel, observou que havia alguém morto em cima da cama.

Então, um indivíduo saiu do banheiro, agredindo-a. Por meio de ameaças, o sujeito a mandou dizer que Carneiro teria passado mal enquanto ela tirava a roupa. Caso contrário, ele iria matá-la. Mesmo assim, disse que se recusou em participar da farsa, mas ele falou que seria muito pior se ela procurasse a polícia, pois ele era delegado. Por este motivo, havia dito à polícia somente o que tal indivíduo havia mandado.

Depois disso, ela pegou as coisas na boate e voltou para cuidar do pai. Falcão viu através dos olhos da moça que ela falava somente a verdade. Sem mais nada para perguntar, subiu na moto e voltou para Florianópolis.

De Volta a Florianópolis

Na manhã seguinte, Falcão aguardou o delegado chegar à delegacia, escondido do outro lado da rua. Tratava-se do novo delegado, responsável pela divisão de homicídios. Com o celular nas mãos, registrou o momento em que ele chegou num carro dirigido por uma mulher. Por mensagem, enviou a foto dos dois para Dênio.

A senhora que havia deixado o delegado na porta da delegacia era Brígida, ex-mulher do deputado Andrade Carneiro. Por sinal, o assessor já sabia do caso entre os dois. Dênio sabia que ela não se conformava com a divisão dos bens na separação. Contudo, não tinha desconfiado de que eles fossem capazes de cometer um crime.

Além disso, uma dúvida não havia sido resolvida: como o deputado teria sido assassinado de modo que ninguém percebesse?

O Desfecho do Caso

Aproveitando-se do momento em que Brígida se encontrava no trabalho, Falcão entrou na casa dela pela janela. Numa caixa escondida, encontrou frascos de substâncias capazes de afetar a consciência e de alterar os batimentos cardíacos. Então, invadiu a rede de computadores da casa e teve acesso ao histórico de mensagens do computador da ex-mulher de Andrade Carneiro.

Por fim, constatou que ela tinha tomado café com o ex-marido pouco antes da morte dele, para tratar justamente da divisão dos bens. Contudo, esta informação havia sido apagada do celular da vítima. Se não bastasse, havia registros de muitas conversas entre ela e o delegado. O plano dos dois estava claramente descrito nas mensagens. Portanto, mais um caso estava resolvido.

Girassóis Mortos

por Julia Rietjens

Há lugares lindos para morrer. Quando Phi me acorda para acompanhá-la a um campo de girassóis, para investigar nada menos que uma morte misteriosa, esse é o pensamento que ronda minha mente. É claro, isso depois de sentir pena da pobre coitada que foi encontrada sem vida nessa manhã.

Philipa Capon dirige seu Impala conversível vermelho com apenas uma mão. Eu me ajeito no banco do carona, segurando meu caderno de anotações.

— Alguma ideia do que aconteceu?

Minha patroa — e única amiga, por assim dizer — balança a cabeça.

— Apenas uma ligação na madrugada, Dora. Nada muito específico.

De fato, o dia ainda está raiando e uma neblina matinal cobre a estrada.

Phi vira a esquina e logo vemos uma movimentação atípica para este horário. Carros de polícia, curiosos madrugadores e uma ambulância estão estacionados no meio-fio.

Descemos do conversível. Eu, ajeitando meu vestido; Phi, de maneira elegante e impositiva. Ela tem uma aura que chama atenção, por isso não estranho quando todas as cabeças se viram em sua direção.

— Senhores — ela os cumprimenta com um aceno —, o que temos aqui?

— Srta. Capon — rosna Roger Lombardi, o policial encarregado pelo caso —, o que *você* está fazendo aqui? Esta é uma investigação séria, não temos tempo para seus fuxicos.

Phi não se deixa abalar. Pelo canto do olho, vejo-a abrir um sorriso nada inocente.

— Bom dia pra você também, Roger. Primeiro, não estou aqui para fuxicar. Sou uma detetive particular e o dono dessas terras, o Sr. Marcondes, me ligou mais cedo para investigar essa morte. Ele quer tudo resolvido logo, não pode se dar ao luxo de ter um escândalo desses atrapalhando sua vida. Ou seja, estou aqui a trabalho — ela faz uma pausa; seu sorriso cresce —, segundo, seu zíper está aberto.

O detetive olha para baixo e, constrangido, fecha suas calças.

— Vamos ao trabalho, sim? — Phi fala. — Dora, anote tudo.

E é o que faço.

O tal campo de girassóis que eu imaginava estar lindo e colorido, na verdade, parece um cemitério de flores. Já colheram todas as plantas boas, deixando o resto para apodrecer. Com as hastes murchas e pétalas amarronzadas, o lugar é sinistro. Some a isso a neblina que ofusca parcialmente a visão, a cena se torna assustadora.

Phi dita o caminho pela terra sem demonstrar metade da dificuldade que eu sinto. Eu e Roger estamos logo atrás. Caminhamos alguns metros até ela parar.

De caderno em punhos, observo o corpo da garota surgir em meu campo de visão. A pele tem um tom azulado. Os olhos estão esbugalhados. Há marcas de dedos no pescoço.

— Estrangulada — Roger afirma.

— Você quer dizer, depois que morreu, certo? — Phi ergue as sobrancelhas.

— Mas as marcas…

— Foram feitas em um defunto. Olhe essas manchas roxas e vermelhas. E perceba os lábios dela. Estão sujos de sangue.

— Qual sua opinião?

— Envenenamento.

Fazem todo o procedimento para levar o corpo da garota ao necrotério. Phi deixa os legistas trabalhando, quer saber mais sobre a menina.

Não é difícil descobrir quem ela é. Roger nos informa que a delegacia recebeu uma ligação sobre uma pessoa desaparecida cuja descrição bate com a vítima. Então lá vamos nós três até a casa da mulher que reportou o desaparecimento.

Phi bate na porta, mas é Roger quem trata de fazer as apresentações assim que uma senhora a abre.

Por fim, estamos certos: a garota morta é a mesma que desapareceu na noite anterior. Sarah Fidalgo. Segundo a velha, ela viu a neta indo dormir, mas, quando acordou, sua cama estava vazia e arrumada. Todos os seus pertences continuavam lá.

— E os pais dela? — Phi pergunta, caminhando pela pequena sala de estar.

Eu a acompanho anotando tudo sobre o lugar.

— Mortos. Acidente de carro — a senhora responde, fungando. — Somos só eu, ela e o irmão agora. Bem, nós três e o novo namorado.

Isso chama a atenção de Phi.

— Novo namorado? Pode nos falar mais sobre ele?

O caso é que a menina, de 17 anos, estava se encontrando com um rapaz de 22, que faz faculdade e dirige seu próprio carro. A velha não confia nele.

— Só podia ser filho do Marcondes — resmunga entredentes.

— O namorado da Sarah é o filho do Sr. Marcondes? — Roger pergunta.

— Isso mesmo. Fabrício Marcondes, o próprio diabo.

Fabrício Marcondes comparece à delegacia de bom grado. Ele entra imponente e é guiado até uma sala de interrogatório, no mesmo instante em que Roger recebe o relatório do necrotério: Sarah ingeriu grandes quantidades de veneno de rato à base de anticoagulantes. Isso explica o sangue em sua boca e as manchas arroxeadas e vermelhas na pele. A causa da morte é envenenamento. A garota já estava morta quando foi estrangulada, como Phi previra.

Roger e Phi não são dos mais chegados, mas mantêm uma certa amizade. Acho que a relação deles é carregada de tensão sexual, pra falar bem a verdade. Por qual outro motivo o policial deixaria que a gente fosse até a delegacia e participasse do interrogatório?

Na sala, Fabrício está sentado com os pés apoiados na mesa, mostrando tranquilidade forçada.

— Srta. Capon? — Fabrício se endireita. Ele deve saber que o pai contratou Phi para investigar o assassinato.

Phi simplesmente sorri. Nós nos ajeitamos nas cadeiras adjacentes.

— Acho que precisamos conversar — ela diz. — O senhor sabe que encontramos Sarah Fidalgo morta na propriedade do seu pai esta manhã?

Direta e reta: essa é Philipa Capon.

A expressão some do rosto de Fabrício. Ele murcha, perdendo a pose de *bonzão*.

— Sarah... Sarah está morta?

— O que você pode nos dizer sobre isso? — Roger questiona.

— Nada! — Os olhos de Fabrício estão cheios de lágrimas. — Eu não acredito... Sarah. Morta.

Roger e Phi trocam um olhar exasperado.

— O que aconteceu com ela? — o Marcondes mais novo está bem chateado. — Me digam! *Ah, minha Sarah.*

— Esperávamos que você pudesse responder isso — Phi diz. Leva um tempo para Fabrício entender o recado. Sua expressão passa de puro desespero à incredulidade.

— Espera... Vocês acham que eu *matei* a Sarah?

— Não sei — responde Roger. — Você matou?

— É claro que não! Nós...

— Vocês o quê? — Phi tenta estimulá-lo, mas Fabrício fecha a boca. — É mais fácil nos contar exatamente o que você estava fazendo ontem à noite, Fabrício. Sabe que podemos te prender agora mesmo, não é?

Não podemos.

Meu caderno está pronto para anotar uma confissão, mas Fabrício nos surpreende:

— Eu estava na fazenda do meu pai, esperando por Sarah. Íamos fugir na noite anterior. Íamos nos casar. Não acredito que agora ela esteja morta. E que querem me culpar! Eu a amava. Estava disposto a perder minha herança, minha fortuna, para ficar com ela.

— Seu pai não aprovava o relacionamento?

— Não. Nem a avó dela. O único que parecia gostar de mim era o irmão, Paulo.

Phi me puxa para o canto, enquanto Fabrício é fichado. O rapaz não está muito feliz com essa parte, mas precisamos das suas digitais.

— Onde está esse irmão? — ela pergunta. — Por que não encontramos ele com a avó? Não deveria estar ao seu lado nesse momento triste?

— Mas e o Sr. Marcondes? Ele também não aprovava o namoro.

Phi parece descartar essas ideias. Ela tem uma intuição muito boa para esses casos. Sempre encontra o culpado.

— Phi… — chamo, fazendo-a prestar atenção em mim. — Por que o irmão a mataria? Ele, inclusive, gostava do Fabrício. Será que a fuga seria um motivo? Não faz sentido.

— Exatamente. Por isso vamos descobrir o que aconteceu, Dora.

Saímos da delegacia sem nos despedir de Roger, que parece não se importar, mas eu vejo o olhar que ele lança para Phi. Quero que ela esteja aberta a relacionamentos, mas a única coisa que ama é o seu trabalho.

Dessa vez, ela deixa que eu guie o conversível e, enquanto dirijo de volta para nosso escritório — e sua casa —, Phi lê minhas anotações com cuidado.

— Dora, você escreveu isso na casa da avó de Sarah? — pergunta, me mostrando a página em questão.

Olho rapidamente para o caderno. Então faço que sim.

— Interessante… — Phi passa mais um minuto em silêncio, antes de exclamar: — Vamos voltar para a delegacia. Sei quem matou Sarah!

Dou meia-volta cantando pneus.

Eu disse que Phi é boa. Roger abre tanto os olhos, surpreso com a inteligência dela para resolver o crime, e fica momentaneamente sem palavras.

— Mas onde vamos encontrá-lo? — Roger pergunta.

— Temos que dar uma passadinha na casa de Sarah primeiro. De lá, saberemos para onde ir — Phi soa tão confiante que ninguém a questiona.

— É no andar de cima, à direita — a avó de Sarah diz, apontando para as escadas —, mas… Não entendo. Vocês descobriram algo?

Phi e Roger trocam um olhar e entram em um acordo silencioso, pois o detetive diz:

— Sra. Fidalgo, precisamos conversar. — Então, guia a coitada para um lugar em que ela pudesse se sentar.

E Phi faz um sinal para eu acompanhá-la até o andar superior.

No quarto, novamente anoto o que vejo. Phi faz o trabalho investigativo, o de fuçar nas coisas. Ela me mostra algumas cartas e eu arregalo os olhos, mas não é isso que ela procura. Alguns minutos depois, encontra o que quer.

— Pronta para prender o culpado? — pergunta, segurando um pedaço de papel entre os dedos enluvados.

Não é difícil achá-lo. Além de ser claramente a versão masculina de Sarah, acho que ele esperava por nós, pois, quando entramos no bar, ergue os olhos inchados de tanto chorar em nossa direção.

Se Phi não tivesse encontrado o folheto do bar, jamais iríamos achá-lo. Nem Roger, que é da polícia, sabia que esse lugar existia. Tivemos que dirigir até o outro lado da cidade, encontrar o prédio decaído, descer até o porão e dar uma senha (que, por sorte, estava no folheto) para entrar.

Paulo funga quando nos aproximamos.

— Paulo Fidalgo, você está preso pelo assassinato de… — começa Roger, tirando as algemas do bolso de trás das calças.

— Eu sei, eu sei — o rapaz estica os braços na direção do policial sem questionar. — Vocês demoraram mais do que eu imaginava para me encontrar.

— Até que foi rápido — dou de ombros e Phi me olha com divertimento.

Roger não perde tempo para algemá-lo. Phi volta sua atenção ao irmão de Sarah.

— Agradecemos sua cooperação, Paulo — fala —, mas por que fez isso?

Ele suspira; lágrimas escorrem pelo seu rosto.

— Sarah, além de irmã, era minha melhor amiga, até que começou a sair com o Fabrício, mesmo sabendo como eu me sentia. Mesmo sabendo que eu o amava. Tentei ficar feliz pelos dois, mas perdi as estribeiras quando ela disse que iria fugir para se casar. Não podia deixar que isso acontecesse, mas falei que a apoiava. Ontem, depois de desejarmos boa-noite para nossa avó, esperei Sarah ir até o banheiro e coloquei veneno de rato que encontrei na lavanderia em seu copo de água. De madrugada, saímos escondidos por sua janela. Ela não levou nada para não chamar mais atenção, mas queria que eu a acompanhasse. De qualquer jeito, acho que errei na dose do veneno, porque estávamos no campo de girassóis quando começou a fazer efeito. Ela ainda demorou para morrer, tive que enforcá-la para acelerar o processo.

— Ela já estava morta — Roger anuncia.

Paulo chora, mas, por algum motivo, não acredito que sinta remorso por suas ações.

Sem dizer mais nada, Roger o escolta para fora. Todos os outros homens do bar gay olham para nós.

— Só tem uma coisa que ainda não entendi — o policial fala para Phi —, como você descobriu que foi o Paulo?

— Dora me ajudou. Em suas anotações, ela percebeu que Paulo era um rapaz com idade para ter uma esposa, mas não havia sequer sinal de uma namorada. Fabrício mesmo disse que Paulo era o único que gostava dele. Não entendi por que ele não estaria confortando sua avó em um momento como este. E quando Dora mencionou que a fuga podia ser o motivo... bem, ela tinha razão, mas só tive certeza quando entramos no quarto de Paulo. Encontramos as cartas que declaravam seu amor por Fabrício.

Paulo abaixa a cabeça, envergonhado.

Deixamos Roger levar o rapaz em sua viatura e ficamos para trás. Phi sorri para mim.

— Mais um caso solucionado, Dora. Vem, vamos avisar ao Sr. Marcondes. Depois, já tenho mais um cliente para atender.

Aceno com a cabeça, ansiosa para solucionar outro caso.

O CASO DA CRIADA

POR VIVIAN BRAUNSTEIN

Londres, 1889

A Sra. Phillips, governanta dos Talbot, abriu a porta com a expressão carrancuda de quem não costumava receber visitas àquela hora e nem o fato de os dois homens se apresentarem como oficiais da Scotland Yard a fez mover os músculos do rosto. Contudo, quando o Inspetor Jones mencionou o corpo encontrado no Tâmisa, vestindo um avental com o nome Talbot bordado na parte interna da barra, a Sra. Phillips perdeu a cor e se apoiou na parede do *hall*, com as pernas bambas.

— Juliet Sabian? — seu coração bateu descompensado e instintivamente cobriu o rosto com as mãos. — Que Deus tenha misericórdia de sua alma! Eu sabia que tinha algo errado! Juliet não se atrasava… Nunca! — Parou para pensar. — Se bem que ultimamente andava reservada e dispersa, como se estivesse arrependida… — Calou, censurando-se. — Não, claro que não. Juliet era uma boa moça. Fui eu mesma que a contratei como criada há três anos. Tinha excelentes referências. Trabalhou por cinco anos com os Lester. Veio muito bem recomendada. — Gesticulou para afastar qualquer suspeita, aguçando os instintos do inspetor, que olhou para o Oficial Cooper, antes de encará-la, perguntando pelo

Sr. Talbot. — Os Talbot só vêm a Londres por ocasião do Natal. Durante o ano, vivem na propriedade de Kempston.

O inspetor pediu para olhar a casa e, assim que a Sra. Phillips acendeu as velas do candelabro da biblioteca, empalideceu como se visse um fantasma.

— O quadro! — grunhiu, com a voz trêmula, apontando para a parede do fundo, onde uma moldura vazia repousava entre as estantes. — Alguém roubou o quadro!

Ela sentiu as pernas bambearem mais uma vez e o inspetor foi ao seu socorro, ajudando-a a sentar numa das poltronas vitorianas, ao lado do sofá. Ele se postou na frente dela e esperou pacientemente que a cor voltasse ao rosto, para enchê-la de perguntas sobre a vida dos Talbot, a rotina da casa e principalmente sobre Juliet Sabian.

— A senhora tem certeza de que ninguém, além de Juliet, entrou na biblioteca desde que a família partiu, logo depois do Ano-Novo? — Ele encarou a governanta, com as mãos enfiadas nos bolsos do colete sob a casaca, e esperou que ela concordasse com a cabeça. — Certo. Já passaram cinco meses desde o Ano-Novo, e se ninguém esteve na biblioteca, o quadro foi roubado durante este período.

O inspetor se aproximou da moldura e a tirou do gancho, analisando as marcas na madeira que um dia acomodou a tela, até que encontrou uma estranha anotação no canto inferior: "*Reporto que os cidadãos Guijon Vincent Tannay e Berthollet são os restauradores do quadro de Raffaello, conhecido pelo nome de Madonna di Foligno.*". O inspetor ficou pensativo.

— Por acaso a senhora ainda tem a carta de recomendação de Juliet?

Ela concordou com a cabeça e os conduziu até sua pequena sala, na ala dos criados. Parou em frente à entrada, tirou um maço de chaves da cinta e tentou várias delas antes de acertar a que destrancava a porta. Com a mesma expressão carrancuda de quando os recebeu, solicitou que esperassem no corredor enquanto revirava uma pasta de couro, de onde apanhou uma carta amarelada que entregou ao inspetor. Ele leu com a testa franzida e a devolveu, afirmando ser de Judit Sabin. A governanta pegou o papel amarrotado sem encarar o inspetor e procurou pela carta certa.

— Antes de contratar Juliet, a senhora visitou os Lester para checar as referências?

As bochechas dela coraram diante da insinuação de que não sabia fazer seu trabalho.

— Não foi preciso. O Sr. Lester trouxe Juliet pessoalmente. Um cavalheiro muito distinto.

— E por que um cavalheiro tão distinto, como a senhora diz, resolveu trazer uma criada para uma casa que só é ocupada na época das festas?

A governanta deu de ombros.

— Recebi uma carta de Sir Talbot solicitando que atendesse o Sr. Lester e foi exatamente o que fiz. — Para provar o que dizia, revirou a pasta e entregou um envelope para o inspetor.

— A senhora pode garantir que a caligrafia desta carta é realmente de Sir Talbot?

— É claro que a caligrafia é de Sir Talbot! De quem mais poderia ser? Tem até o selo da família, gravado na cera. — Apontou para o lacre do envelope.

— Claro. De quem mais poderia ser? — Ele torceu os lábios, movimentando o longo bigode. — Só mais uma coisa, minha boa senhora. Posso olhar o quarto de Juliet?

A Sra. Phillips os conduziu pelo corredor de serviço e, quando abriu a porta, descobriu assombrada que estava desocupado, com a cama perfeitamente arrumada e as portas do armário escancaradas, revelando o interior vazio. A Sra. Phillips esfregou o rosto e jurou que Juliet ocupara o quarto até aquela manhã.

— A senhora mencionou que Juliet andava estranha nos últimos tempos. Não seria por força de um novo romance? Um amor não correspondido, talvez. Moças tendem a ficar dispersas quando apaixonadas.

Ela apertou os lábios, antes de confessar sua pequena indiscrição:

— Por favor, inspetor, não me tome por uma mulher enxerida, mas ontem entrei no quarto de Juliet, procurando por um carretel de linha, e encontrei uma carta de um tal Jack O'Malley, marcando um encontro para hoje de manhã no East End.

— Jack O'Malley, a senhora disse? No East End?

Ela concordou com a cabeça e o inspetor apoiou as mãos sobre as dela em sinal de agradecimento.

— Acho melhor a senhora descansar.

Mais uma vez, ela concordou com a cabeça e eles desapareceram pelo corredor de serviço em direção à biblioteca, onde o inspetor revirou as gavetas da escrivaninha até encontrar um documento escrito por Sir Talbot, o qual comparou com a carta da Sra. Phillips. Satisfeito com o resultado de sua perícia, mostrou ao Oficial Cooper que as letras eram realmente parecidas e o selo na cera do lacre era idêntico, contudo a carta da Sra. Phillips era falsa.

— Isso significa que a velhota está mentindo! — o oficial soou triunfante.

— Talvez sim, talvez não. Ainda não temos certeza se a boa Sra. Phillips está mentindo ou se foi ingênua o suficiente para acreditar num cavalheiro distinto e uma criada com boas referências.

— Por que o senhor ficou incomodado ao ouvir o nome de Jack O'Malley e a região de East End?

— Tudo a seu tempo, Cooper. Tudo a seu tempo. Agora, fique aqui e cuide para que a boa Sra. Phillips tenha um pouco de descanso. Volto antes da hora do almoço.

O oficial concordou sem protestar, acostumado às excentricidades do inspetor. Sentou numa poltrona, lutando para não dormir, certo de que o chefe já desvendara aquele mistério. Fechou os olhos por um minuto e, quando abriu, o dia estava claro. A Sra. Phillips fez o favor de deixar uma bandeja de chá sobre a mesa lateral e dava as ordens na cozinha quando o Inspetor Jones voltou para buscá-lo e praticamente o enfiou dentro da diligência, que seguia para o East End. Ficaram em silêncio até que finalmente o Oficial Cooper se manifestou:

— O senhor vai me explicar o que está acontecendo?

— Ontem à noite, você me perguntou se a boa Sra. Phillips estava mentindo, já que foi categórica em confirmar a veracidade da carta, que comprovamos facilmente se tratar de uma falsificação. Na ocasião, respondi que ou ela mentia ou foi enganada em função de sua ingenuidade. Hoje posso afirmar que a boa Sra. Phillips foi tão vítima deste crime quanto Sir Talbot.

O Oficial Cooper abriu a boca para falar, mas foi interrompido pela parada brusca da diligência, em frente a um prédio de três andares na Mayflower Street. O inspetor desceu da carruagem e bateu na porta. Alguns minutos depois, um homem, vestindo roupas sofisticadas demais para o lugar, atendeu. Ao se deparar com o inspetor, empurrou a porta tentando fechá-la, mas o inspetor foi mais rápido, colocando o pé entre a folha e o batente. Com a ajuda do Oficial Cooper, forçou a entrada e avançou sobre o homem até derrubá-lo.

— Joel Donnelly, sou o Inspetor Oliver Jones, da Scotland Yard, e esse é o Oficial Cooper. O senhor está preso por roubo e assassinato em primeiro grau.

Donnelly empalideceu, mas antes que pudesse protestar, dois policiais apareceram, algemaram-no e levaram-no para a Scotland Yard, deixando o Inspetor Jones e o Oficial Cooper na casa de um cômodo, com uma imensa lareira na parede do fundo, uma cama de madeira num canto e uma mesa de três pernas apoiada na parede oposta. O inspetor caminhou até a lareira, postou-se sob o vão e ficou na ponta dos pés, com os braços estendidos para a chaminé, procurando alcançar algo bem acima de sua cabeça. Depois de algum esforço, retirou um cano de ferro, grande o suficiente para esconder uma tela. Enfiou dois dedos numa das pontas e puxou o quadro, sorrindo satisfeito, com o rosto sujo de fuligem, diante do Oficial Cooper, que o encarava incrédulo.

— Agora o senhor vai me explicar como descobriu o criminoso?

O inspetor repousou o cano sobre a mesa e falou com uma leve empolgação no tom de voz.

— Seis meses antes de Juliet trabalhar para os Talbot, uma distinta galeria de arte na Trafalgar Square promoveu um leilão, oferecendo o modelo diminuto da *Madonna de Foligno,* de Raffaello. Segundo peritos, o quadro foi usado como referência para guiar a restauração da pintura original que se encontra no Museu do Vaticano. Durante o leilão, houve uma disputa acirrada, mesmo que muitos *marchands* contestassem a veracidade do quadro, liderados por Joel Donnelly, dono de uma galeria obscura em East End. A identidade do comprador foi mantida em sigilo, mas para refutar as acusações de Donnelly, o dono da galeria de Trafalgar Square declarou aos jornais que o quadro era autêntico, porque a nota escondida na moldura do modelo diminuto era idêntica à nota no verso do quadro original.

— E qual a relação de Juliet Sabian, Jack O'Malley e a Sra. Phillips com Joel Donnelly?

— Você precisa observar melhor, Cooper. E pensar um pouco também! A pobre Sra. Phillips foi completamente enganada por Joel Donnelly e Juliet Sabian, porque não enxerga um palmo diante do nariz.

— E como você sabe disso? — O oficial se esforçou para acompanhar o raciocínio do inspetor.

— Muito simples. Primeiro não encontrava a chave que abria o próprio escritório, depois me deu as referências de uma moça com o nome parecido com o de Juliet, o que prova que a boa Sra. Phillips não identificou a carta falsa, porque confiou no selo do lacre, já que não enxerga bem as letras escritas à mão. Ora, caro Cooper, qualquer um pode mandar confeccionar um selo. Principalmente se morar num casebre e quiser tomar posse de um quadro valioso. Foi o próprio Donnelly quem levou Juliet para a Sra. Phillips, fazendo-se passar pelo Sr. Lester, como também foi ele quem falsificou a carta de Sir Talbot. Quando vi a anotação na moldura da tela roubada, lembrei vagamente da confusão sobre a autenticação, mas quando a Sra. Phillips mencionou Jack O'Malley, a história voltou inteira à minha cabeça. — Diante da incredulidade do Oficial Cooper, o inspetor tirou uma caderneta do bolso interno da casaca e um pedaço de lápis grafite. — Veja isso:

JACK O'MALLEY
JOEL DONNELLY

O oficial esfregou os olhos e demorou para encontrar as diferenças.

— Se você, que é jovem, teve dificuldade em perceber as diferenças, imagine a pobre Sra. Phillips, no avançar da idade. Joel Donnelly e Juliet Sabian enganaram a pobre mulher, com cartas falsas de referências e esperaram pacientemente pelo momento certo do roubo. Depois que Juliet entregou a tela para Donnelly, ele a matou com o mesmo cano de ferro que usou para esconder a tela. — O inspetor pegou o cano sobre a mesa e mostrou as manchas de sangue seco. — Ele jogou o corpo no

Tâmisa, acreditando que Juliet seria a única indiciada pelo crime e assim ficaria livre para vender o quadro no estrangeiro, quando a história esfriasse.

— E como eles sabiam que a Sra. Phillips não perceberia a falsificação?

— Eles não sabiam. Simplesmente arriscaram. Agora vamos, porque precisamos comprar um bom par de óculos para a Sra. Phillips, antes que sua reputação seja manchada, porque não enxerga o que está escrito nas cartas de referência das criadas.

UM CRIME NO JEFFERIES LODGE

POR TIAGO VIJOS

Ser divorciado após os quarenta não é nada animado, mesmo para um detetive particular. Há meses não aparecia nada que me tirasse daquela monotonia. Nenhum caso sequer.

Eram apenas seis da manhã na velha Londres quando recebi uma ligação. Depois de muito tempo, alguém precisava dos meus serviços. Meu dia estava prestes a melhorar, e agora era só questão de tempo. Vinte minutos para ser exato. Era o que levaria do meu escritório até a 48-60 Footscray Rd, Eltham, Londres, o endereço do meu cliente. Tomei o café, peguei a chave do carro e em pouco tempo já estava em frente ao portão principal do condomínio Jefferies Lodge. Com a entrada liberada, não demorei muito na portaria, apenas assinei uma folha e segui em direção ao endereço.

Chegando ao local, avistei uma viatura policial estacionada, e diante da casa estavam dois policiais. Um senhor por volta de cinquenta anos, provavelmente o proprietário, e uma senhora bonita e elegante que aparentava ter a minha idade. Parei o carro atrás da viatura e, enquanto descia, observei um pouco mais o ambiente. Era uma bela casa, grande e de dois pisos, parecida com a maioria das outras do condomínio. Na fachada, havia uma longa calçada que ia até a porta da casa.

Eu conhecia os dois policiais. O mais velho e de bigode era Thomas Davies. Ele está na polícia desde muito antes de eu me tornar detetive, e apesar de sua expressão amarga, é um homem gentil e um bom policial. Como sempre, sua aparência estava impecável; bem, quase isso. Havia um cigarro em uma de suas mãos que curiosamente ainda não estava aceso. O policial da direita era James Turner, está apenas há um ano na delegacia, jovem e de boa aparência, passou o último ano sorrindo e fazendo piadas para se enturmar o mais rápido possível. Sempre foi meio atrapalhado, mas não a ponto de incomodar, isso explica sua bota suja de grama. Voltando ao casal, notei em ambos algo um tanto curioso. A reação com que eles se expressavam após o ocorrido era distinta uma da outra, o marido parecia muito furioso e preocupado, talvez um pouco desesperado; enquanto a esposa estava inquieta, sempre mexendo nas mãos, girando a aliança sem parar e batendo no chão a ponta do sapato repetidas vezes; ela estava preocupada.

— Muito prazer! Eu sou o Detetive Lars!

— Oh, sim, Sr. Lars, eu sou Charlie Wilson, e esta é minha esposa Charllote Wilson. Foi ela quem te ligou a meu pedido, precisamos do seu serviço. Ah, e estes são os policiais Davies e Turner.

— Sim, senhor, eu os conheço — respondi, voltando-me para os policiais.

— Detetive! Acabamos de chegar, que bom vê-lo — disse Turner sorridente enquanto Davies apenas sacudiu a cabeça.

— Faz uns dias que não o vejo, Sr. Turner. E Davies não perde esse seu jeitão simpático, não é mesmo? — respondi em ironia.

— Eu estava de férias — falou Turner animado e continuou: — Por quê? Sentiu a minha falta?

— Eh... não, não é para tanto — respondi, enquanto tirava meu bloco de notas do bolso do sobretudo.

E virando para o casal, continuei.

— Pois bem, a respeito da ligação de sua esposa. O que houve, afinal?

— Fomos roubados! Isso que houve! — contou o Sr. Wilson em tom exaltado.

— Certo, rou-ba-dos — anotei no bloco de notas. — Algum sinal de arrombamento, ou alguma chance de gatuno ainda estar na residência?

— Não, infelizmente nada — a Sra. Wilson me respondeu.

— Bem, acredito que os senhores policiais já fizeram a ocorrência, certo?

— Sim, acabamos de pegar os depoimentos — falou Davies pelo canto da boca enquanto equilibrava o cigarro ainda não aceso.

— Sendo assim, creio que daqui pra frente, se os senhores permitirem, seguirei com a investigação.

— Certo, Lars, ligue assim que precisar — respondeu Turner.

— Ótimo, nesse caso ligarei em breve, creio que não demorarei muito. E Davies! Pelo amor de Deus, acenda logo esse cigarro.

— Ele está tentando parar de fumar! — exclamou Turner sorrindo, já de costas, enquanto caminhavam em direção à viatura.

Enquanto os policiais partiam, eu me convidei a entrar.

— Estou feliz que o senhor tenha vindo, já não sabíamos mais o que fazer. Estamos tão atordoados com o acontecido, não é mesmo, amor? — disse a Sra. Wilson, agora parecendo um pouco menos tensa.

— De fato — respondeu ele —, com o início da investigação, espero que o Sr. Lars descubra alguma coisa sobre o roubo desse bendito relógio.

— Na verdade, eu iniciei minha investigação desde que atendi a ligação. Mas... então foi um relógio? — disse, enquanto dava uma olhada ao redor do cômodo.

Por dentro, a casa aparentava ser ainda maior, com grandes cômodos e uma bela escada que levava ao segundo piso. Tudo era impecável, até mesmo a limpeza, não havia nada que não estivesse em seu devido lugar.

— Sim, um genuíno Jaeger-LeCoultre, herança de família.

— Um genuíno Jaeger-LeCoultre — repeti, fazendo biquinho, voltando novamente ao meu bloco de notas. — Só pelo nome já me parece ser bem caro, não sei nem mesmo como escrever.

— É com J-a-e...

— Não se incomode, senhor, eu já escrevi "relógio" aqui — interrompi sorrindo, sabendo que seria mais fácil e não mudaria em nada na minha investigação.

— Sei que vocês já contaram todo o ocorrido para a polícia, mas para prosseguir, terei que pedir-lhes que me contem como tudo aconteceu, quero estar a par de todos os fatos.

Para minha surpresa, a Sra. Wilson quebrou o silêncio.

— Ontem foi uma noite agitada para nós. O condomínio estava em seu décimo aniversário e foi dada uma festa para comemorar. Todos os moradores foram convidados. Eu e o Charlie decidimos ir porque precisávamos espairecer a mente, pois estamos passando por um momento difícil, a verdade é que estamos passando por uma crise, financeira pra ser mais exata. Há meses estamos lutando para manter o nosso padrão social, mas a cada dia está ficando mais difícil. Tivemos que demitir a faxineira e o serviço de jardinagem no mês passado. E com o que o Charlie está ganhando, estamos apenas pagando o condomínio e nossa alimentação. Isso resultou em várias discussões entre mim e ele. Também pudera! Uma mulher como eu não vive apenas de migalhas! — exclamou ela, dando uma rápida olhada para o marido, que correspondeu nada amistoso, e continuou: — Essa festa veio para acalmar os ânimos, e estava indo tudo bem até então. Começamos a nos preparar por volta das 7 horas, e saímos de casa não muito mais tarde que isso, fomos de carro e chegamos ao local da festa por volta das 8 horas; lá conversamos com muita gente e bebemos muito champanhe. A festa realmente foi muito animada, por fim, voltamos às 10 horas. Como estávamos muito exaustos, fomos direto pra cama, então se alguém entrou aqui e roubou o relógio, só pode ter sido enquanto estávamos lá. Ou talvez...

Nesse momento, o Sr. Wilson interrompeu a esposa.

— Não, infelizmente tenho que discordar disso, pois ontem assim que chegamos, eu chequei a gaveta e o relógio ainda estava lá.

— Só um minuto, o senhor quer dizer que guarda um relógio de, sei lá, um milhão em uma gaveta e não quer ser roubado? — interrompi abismado.

— Não, lógico que não. Deixei o relógio lá por um motivo — disse ele, balançando a cabeça com a mão na testa.

— Foi uma sugestão minha, detetive. Eu disse que usar o relógio na festa traria um ar de "ainda não estamos falidos".

— Logicamente não aceitei a sugestão. Eu não queria arriscar levando um relógio tão caro para uma festa de condomínio. Porém, se o tivesse feito, nada disso teria acontecido... Meu erro foi deixar o relógio na gaveta e não o ter devolvido ao cofre.

— Não se culpe, querido, estávamos com pressa — disse a Sra. Wilson.

— Sim, eu sei, mas não o deixei no mesmo lugar em que ficam as minhas chaves por causa da pressa, fiz isso por um outro motivo. Para não esquecer de usá-lo na manhã seguinte.

— Como assim? O que quer dizer? — perguntou a esposa, e eu esperei a resposta.

— Pois bem — continuou ele, cabisbaixo —, era pra ser uma surpresa, mas agora acho que isso não importa mais. A verdade é que estou há alguns meses lutando por uma vaga de gerente na empresa. E depois de um árduo caminho de bastante bajulação, obtive progresso, o Timothy, nosso gerente de finanças, foi demitido e precisavam de alguém para substituí-lo, foi aí que a sorte sorriu pra mim. Finalmente consegui, fui promovido. Isso resolve todos os nossos problemas financeiros. Eles me apresentariam como dono da vaga essa manhã, por isso eu queria tanto ir com o relógio, era um momento importante.

— O quê? Como assim? Por que não me contou isso antes? — reclamou a esposa, exaltada.

— Bom, como eu disse, era pra ser uma surpresa, pensei que ficaria feliz.

— Feliz? Meu Deus! Como pôde, Charlie? Escondeu algo assim de mim?

— Se me permitem, gostaria de dar uma olhada no quarto — disse, interrompendo uma possível discussão que não levaria a nada. Não para mim.

— Claro, é só subir as escadas, me acompanhe.

Estávamos agora no segundo piso, a porta do quarto era a primeira à direita, e assim que entramos, outra vez fiz minha vistoria. Impecável, essa é a palavra. Tudo estava bastante organizado que chegava a me assustar.

Já haviam passado 27 minutos desde a minha chegada, minha precisão era comprovada pelo meu relógio de bolso; não era nenhum Jaeger-LeCoultre, herança de algum parente morto, não, não, esse eu comprei de um indiano que ficava em frente ao meu escritório nos finais de semana, mas depois de um tempo ele desapareceu, não sei o que pode ter acontecido e também não importa no momento, a questão é: havia um bolo de barbante emaranhado no meu colo que claramente queria dizer alguma coisa, mas eu ainda não havia encontrado nenhuma das pontas para que pudesse começar a puxar. Somente assim desvendaria o mistério do relógio.

Meus pensamentos foram interrompidos por um baque. Eu havia tropeçado em algo que estava do outro lado da cama.

— Mil desculpas, Sr. Lars — disse a Sra. Wilson —, viajei para Madri para cuidar da minha mãe na semana passada, e na correria do dia a dia acabei deixando minhas malas aí.

— Tudo bem, não foi nada, eu só queria dar uma olhada lá fora — respondi, indo até a janela.

Coloquei meu bloco no bolso do sobretudo e, com as mãos firmes na sacada da janela, inclinei meu corpo para frente e olhei para baixo. A visão era do quintal dos fundos, uma parte do terreno que era toda gramada. Apesar da altura, foi possível perceber algumas deformidades na grama, ainda não era muito, mas precisava averiguar mais de perto.

— Interessante! Aquela porta dá acesso ao quintal dos fundos?

— Oh, sim, aquela é a porta que leva ao jardim da casa. Já adianto que ela ficou trancada a noite toda — disse a Sra. Wilson.

Sim, eu havia avistado a ponta da linha daquele mistério, e estava naquele quintal.

Não demoramos muito para descer, e assim que a porta foi aberta, minhas dúvidas se tornaram certezas. Havia na grama, bem abaixo da janela, algumas pegadas, porém, o que mais me chamou a atenção foram algumas marcas esverdeadas na parede.

— Pelo que vejo, nosso larápio é um bom escalador.

— Isso é tão... nós não havíamos...

— Eu entendo seu espanto, senhora, e ficará ainda mais quando lhe disser que quem roubou o relógio ainda está aqui.

— Como assim, ainda está aqui? O que quer dizer com isso?

— Acalme-se, Sr. Wilson, pelo que descobri até agora, ele não é perigoso, mas por enquanto apenas me siga. Explicarei tudo mais tarde, no momento, preciso ligar para a polícia.

Enquanto caminhávamos para fora da casa, liguei para o meu velho amigo Joseph Jones, capitão da polícia de Londres.

A Sra. Wilson se aproximou com o celular na mão.

— Falei com o porteiro e pedi que avisasse aos outros moradores para que tomem cuidado. Me desculpe, mas achei que fosse o melhor a fazer.

— Ótima ideia, fez muito bem. E eu já liguei pra polícia, eles chegarão logo.

E como dito, nem cinco minutos se passaram e já avistamos uma viatura policial curvando a esquina, vindo em nossa direção. Era James Turner, dessa vez sozinho.

— Eu estava aqui perto quando ouvi o chamado pelo rádio, vim o mais rápido que pude. Qual é a situação, detetive?

— Com base nas pistas encontradas, cheguei à conclusão de que há 90% de chance de o ladrão ainda estar na casa. Comece pelo quarto do casal, aguardaremos aqui fora.

— Ei, Turner! — nesse momento, me aproximei do jovem policial, pus minha mão esquerda em sua nuca, trouxe-o para perto de mim e cochichei: — Todo esse tempo sendo o bonitão e bom moço, sua hora chegou. Vá lá, garotão, este é seu momento.

— Pode deixar, Sr. Lars, farei o meu melhor.

Novamente a tensão tomou conta do ambiente. O policial James correndo casa adentro segurando sua arma, o casal nervoso a minha frente, e um sorriso em meu rosto marcavam o início do fim do caso. Era a prova de que eu havia encontrado a ponta do barbante, e desfeito todos os nós.

O momento foi interrompido pelo som de pneus derrapando e motores acelerando, curvando a esquina em nossa direção. Eram mais três viaturas policiais, e em uma delas estava meu velho amigo Joseph Jones.

— Capitão! Que bom vê-lo, chegou bem na hora. Ele está lá dentro, podem ir buscá-lo.

— Isso não é coisa que se peça a um velho amigo, Lars. Espero que esteja certo.

— E quando estive errado?

Ele apenas sorriu enquanto passava a mão na testa para limpar o suor.

— Certo, policias! — continuou: — Quero que entrem naquela casa e prendam o Sr. Turner. Tomem cuidado e lembrem-se de que ele está armado.

— O quê? Como assim? — questionou o Sr. Wilson, perplexo com aquilo.

— Eu também não entendo. O que está acontecendo aqui? — continuou a esposa.

— Acalmem-se, Sr. e Sra. Wilson, eu irei explicar. Hoje, mais cedo, quando cheguei, precisei assinar uma folha de visitante na portaria, a qual é destinada a todas as pessoas que entram no condomínio que não sejam residentes. Nela me deparei com um nome familiar, James Turner. Ele havia estado aqui na noite do crime. Segundo o porteiro, um policial havia sido chamado para fazer uma ronda de segurança na festa. Até então isso não significava nada, apenas que o jovem rapaz estava exercendo o seu trabalho, mas quando vi que Turner era um dos policiais que haviam atendido o chamado do roubo, fiquei surpreso, pois não acredito nesse tipo de coincidência. Logo em seguida, enquanto nos cumprimentavam aqui em frente, percebi que havia um pouco de grama grudada na bota do policial. Como podem perceber, toda a fachada da casa tem piso até a calçada e Turner mora em um apartamento, no qual não há nenhum espaço com grama, o que me deixou curioso. Apesar disso, não queria levar a investigação para esse lado, isso até ver as pegadas de botas na grama dos fundos e as marcas na parede da casa.

— Isso é realmente impressionante! — disse o Sr. Wilson. — Mas... Então, onde está o meu relógio?

— Se me permitem.

Eu me dirigi em direção à viatura de James e tirei do porta-luvas uma caixinha de madeira com um emblema escrito "Jaeger-LeCoultre".

— Aqui está.

— O senhor foi simplesmente incrível! Não sabe o quanto estou aliviado — disse o Sr. Wilson, admirando o belo relógio recuperado.

— Muito obrigada, detetive, fico feliz que tenha resolvido. É o melhor detetive que conheço, e com certeza, o melhor de toda Londres.

— Muito cedo para agradecer, senhora — eu sorri —, falta a cereja do bolo.

— O que o senhor quer dizer?

Antes que pudesse responder a pergunta da Sra. Wilson, fomos interrompidos pelos policiais que saíam da casa trazendo James Turner algemado.

— Isso é um absurdo! O que está acontecendo aqui? — ele gritava enquanto o colocavam na viatura.

— Já teve o seu momento, James! Esse é o meu — respondi sorrindo.

— Bom, é isso. Levem-no para a delegacia e tomem seu depoimento — disse o capitão com sua voz preguiçosa, porém autoritária. — Precisa de mais alguma coisa, Lars?

— Só mais uma coisinha, capitão, preciso fazer uma ligação.

Retirei do bolso do meu sobretudo um celular e, apertando duas teclas, fiz minha ligação final. Nesse momento, o celular da Sra. Wilson começou a tocar, e todos ficaram sem entender o que estava acontecendo. Ela o tirou do bolso, o encarou por uns instantes e por fim decidiu atender. Aquela era a cereja do bolo.

— Charlotte Wilson, a senhora está presa!

— Eu não… o que você… — respondeu ela, atordoada, deixando o celular cair no chão.

— O que o senhor está insinuando? Minha esposa não teve nada a ver com tudo isso!

— Pois bem, eu irei explicar — disse, olhando para o pobre Sr. Wilson. — Quando cheguei aqui esta manhã, além de tudo que eu já tinha observado sobre o Turner, notei que havia algo de errado no ar. Nitidamente a Sra. Wilson estava incomodada com alguma coisa, ela estava inquieta e sempre mexendo na aliança, e isso tudo parou quando eu dispensei os policiais, o que me fez pensar que algum dos dois tinha alguma conexão com ela. A segunda parte desse enigma começa quando entrei na casa. Notei que a Sra. Wilson é muito organizada e que gosta de todas as coisas no seu devido lugar, levando em consideração que eles haviam despedido a empregada há um mês e a casa ainda estava com todas as coisas no seu devido lugar, exceto pelas malas de viagem, que estavam num canto do quarto. Elas estavam ali por um motivo, do contrário a Sra. Wilson já as teria desfeito.

— Ela iria fugir! — interrompeu o marido com a mão na boca, desacreditado.

— Exatamente — continuei. — Só me restava agora saber com quem, mas não demorou muito, pois logo descobri as pegadas na grama e as manchas esverdeadas na parede. Mesmo assim, eu ainda precisava de algo mais concreto. Foi quando pensei em dizer que o ladrão do relógio ainda estava na casa, para ter uma desculpa e ligar para o Capitão Joseph. Pedi a ele que viesse até aqui com mais alguns policiais, e que não avisasse nada pelo rádio. Disse também quem era o verdadeiro ladrão. Bom, dizer que eu iria ligar para a polícia fez com que a Sra. Wilson tomasse uma atitude, ela não sabia o que poderia acontecer, então em vez de ligar para a portaria como disse, ela ligou para Turner pedindo que ele viesse o mais rápido possível, tal como planejei. Assim que ele chegou, fingi cochichar boa sorte em seu ouvido, quando na verdade estava distraindo-o para tirar o telefone de seu bolso. Eu queria um final dramático. E, como podem ver, essa foi a última ligação recebida pelo telefone do Turner. Eu apenas retornei a chamada. Reconhece o número, Sr. Wilson?

— É mentira, amor! — gritou a Sra. Wilson. — Esse homem é louco! Olha pra mim.

— Eu não sou louco, sou o melhor detetive que você conhece, o melhor de toda Londres, como você mesma disse.

— Levem-na daqui! Esse caso está encerrado — disse o capitão da polícia enquanto apertava a minha mão. — Parabéns, Lars, e obrigado por não me decepcionar.

Logo as viaturas policiais partiram levando com eles o casal de ladrões e deixando para trás um detetive feliz, pois voltara a sentir um ânimo que não sentia havia muito tempo. Deixando também um senhor confuso com tudo que havia acontecido naquele dia, e que precisava muito afogar as mágoas em um bom copo de uísque, talvez mais de um.

— Sr. Lars, me responda uma coisa — o Sr. Wilson sussurrou. — O senhor acha que eles estavam tendo esse caso há muito tempo?

— Bom, acredito que se procurar nas malas da sua esposa, há uma chance de aproximadamente 97% de ter alguma peça íntima dele lá.

O Assassinato de Sherlock Holmes

por Bruno Provazi

Londres, dias que antecediam as véspera do Ano-Novo em 1889.

A habitual agitação de fim de ano era substituída por movimentos discretos pelas ruas da cidade, que com sua arquitetura vitoriana compactuava com a leve chuva que caía gelada do céu acinzentado. E não era o frio que tornava o clima sombrio, mas sim as manchetes do jornais que deixavam a população londrina apreensiva e receosa de cruzar as ruas e os becos da cidade. Manchetes mórbidas que contavam os acontecimentos dos últimos dias.

Uma série de assassinatos recentes tomara Londres, deixando a Scotland Yard correndo em círculos e tendo sua imagem manchada. Sem solução para os assassinatos que continuavam sem aparentemente um padrão, tentaram criar um suspeito, mas sem sucesso. Porém, ele foi um dos mortos dias depois pelo assassino. Voltaram novamente a serem ridicularizados nos jornais.

A população havia protestado na Trafalgar Square e clamou pelo retorno do mais famoso detetive daquele tempo, que havia se isolado em sua casa há anos. Seu nome era Sherlock Holmes. Longe dos casos policiais, não era mais visto em público, nas festas da realeza nem nos jornais, mas não foi atendida em seus apelos. Ao menos era o que pensavam.

As mesmas manchetes que se espalhavam pelas ruas de Londres tomavam as paredes de um certo endereço em West End. Era 221B Baker Street. Sob a luz de lampiões amarelados, as manchetes dos assassinatos estavam ligadas por fios de linha vermelha se conectando. Somente uma mente criativa e perspicaz poderia identificar assassinatos aparentemente desconexos e montar o minucioso quebra-cabeças. A mente era Sherlock Holmes.

Sentado numa poltrona diante deste painel, fumando seu habitual cachimbo, estava o detetive, avaliando cada ponto de sua investigação nada elementar. Sua aparência de meia-idade estava deteriorada pelos dias de reclusão em seu quarto, sem banho, com roupas desgastadas e barba por fazer. Não lembrava a lenda do maior detetive daquele tempo, mas uma mente que beirava à loucura. Não recebia visitas havia muito tempo, desde que Watson se mudara. Sua parceria havia terminado e pouco se falavam. Acompanhava os casos policiais pelos jornais, mas não se envolvia. Pareciam tão óbvios que não o empolgavam mais e deixava a polícia trabalhar, no entanto, este caso era diferente. Havia algo de especial e sedutor.

Passara dias analisando o material e concluíra algo mórbido, mas que seria fundamental para solucionar o caso. Algo que fervilhava em sua mente. Entendera que havia somente um caminho e talvez fosse perigoso demais.

Levantou-se deixando o cachimbo ao lado na mesa e caminhou até a janela da casa. Não olhava a rua havia muito tempo. Sentiu uma brisa tocar sua nuca, como uma janela sendo aberta no fundo do quarto. Era uma brisa gelada que denotava vir do exterior. Ouviu em seguida dois passos silenciosos de botas aparentemente molhadas, indicando que alguém vindo da rua entrara em seu quarto. Em seguida, seus ouvidos sentiram uma respiração ofegante, de quem se esforçou fisicamente, mas não estava em forma. Algo então foi retirado do bolso do casaco e um sopro seguido por uma leve picada no pescoço foram sentidos por Holmes.

Seu corpo começou a sentir o veneno percorrendo as veias, as pernas vacilarem e a visão se tornando turva. Apoiou a mão no vidro úmido da janela e caiu por completo no piso de cerâmica. Sua última visão foi de um vulto parado ao fundo do quarto, com o rosto obscurecido pela pouca luz. Por fim, a escuridão total o tomou.

E essa mesma escuridão atingiu Londres ainda mais, quando a polícia confirmou a morte de Sr. Sherlock Holmes. As manchetes dos jornais agora traziam a imagem do famoso detetive e reviviam suas maiores histórias e crimes solucionados. Alguns jornalistas relataram que a Inglaterra estava órfã e Londres à mercê do assassino que vitorioso matara o maior detetive de todos os tempos. O medo tomou a cidade ainda mais e uma multidão se reuniu em frente à Catedral de Saint Paul no funeral da lenda.

Dr. John Watson desceu de sua carruagem, nitidamente abalado, atravessando cabisbaixo por entre a multidão na escadaria da catedral. Apoiado por sua bengala, teve a passagem liberada pela polícia. Ganhou o interior da catedral, vendo ao fundo a imagem que atingiu seu coração como adaga ou como as palavras exaltadas entre ele e Holmes antes de ir embora e vê-lo pela última vez. Essas palavras o faziam se questionar se teria conseguido impedir a morte dele se estivesse lá.

A cada passo que dava em direção ao caixão no altar, sentia um peso maior se apoderar dele. Nem percebera as portas da entrada sendo fechadas e as centenas de olhos, das pessoas ilustres sentadas por toda a nave, observando-o. Sempre asseado, não conseguira se barbear naquela manhã após passar a noite acordado na autópsia que realizara em Holmes. Por fim, subiu os degraus que levavam ao caixão de seu amigo e gradualmente foi visualizando os traços, agora tranquilos dele, adormecidos, sem a personalidade tão presente em todos os momentos.

Parou ao lado dele, contemplativo.

— Caro amigo! Odeio admitir, mas sinto sua falta! A vida é um pouco cinza sem suas histórias e surpresas — disse isso fechando os olhos como que para controlar a emoção.

"Comovente", uma voz tocara a mente de Watson. Ele abriu os olhos, surpreso, buscando a origem da voz. Seria sua mente recriando lembranças e ilusões? Olhou ao redor buscando o dono daquela voz, mas nada encontrou. As pessoas sentadas observavam-no de forma estranha e comentavam seu comportamento. Estaria ele ficando tão insano quanto alguns momentos da vida de Sherlock?

"Não seja mal-educado e me ajude aqui, Watson!". Atraído por aquela voz, novamente voltou-se para o caixão e se deparou com um par de olhos familiares observando-o. Apoiou-se no caixão para não cair, tamanha fora sua surpresa. Era seu amigo morto que falava.

— Estou ficando louco — murmurou Watson, que aos olhos dos demais presentes estava conversando com um morto.

— A loucura é um bom alimento para a alma! — falou Holmes de dentro do caixão. — Essas flores estão me dando alergia, me ajude a sair, Watson.

— Como pode você? Você está morto!

— Temporariamente! — Estendeu a mão para o amigo. — Porém, agora o tempo é outro. Temos um caso para resolver.

As pessoas começaram a reagir quando viram Watson puxando a mão do suposto falecido. Um padre se aproximou para tentar impedir o ato de sacrilégio, mas sentiu-se desfalecer e tombou desmaiado. A multidão reagiu assustada, se levantando e tentando ver melhor o que estava acontecendo.

Sherlock Holmes saiu então de dentro do caixão, em meio a desmaios dos presentes e, sob olhares atônitos, se recompôs o mais rápido que pôde.

— Não sabe como aguardei sua visita, Watson, e agora que está aqui, vamos solucionar esses crimes — olhou com um leve sorriso para seu amigo e bateu em seu ombro. Voltou-se para a multidão que o observava escandalizada. — Saudações do além! Desculpem o transtorno com meu assassinato temporário, mas era necessário nos reunirmos aqui hoje para a solução dos crimes que estão ocorrendo em nossa amada Londres, assassinatos entre os quais estou incluído.

O chefe de polícia da Scotland Yard se aproximou.

— Sr. Holmes! O que está acontecendo?

— Logo saberá! Mas preciso que bloqueie as saídas. Vamos revelar tudo aqui e garanto que o assassino está aqui entre nós — disse Holmes, descendo os degraus do altar. — Mergulhei nos assassinatos registrados que tinham ligação com o suposto *serial killer* e assim como os investigadores não encontrei elo algum, exceto quando juntei a este grupo seleto de vítimas alguns crimes anteriores, que aparentemente não tinham ligação. Tínhamos que olhar mais para trás, pois o início era o meio.

Houve uma grande pausa dramática por Holmes que foi seguida pela multidão. Então continuou em alto tom:

— Analisei as sete vítimas oficiais e as condições das mortes. Todas apresentaram características de envenenamento, mas os relatórios oficiais não apresentaram traços de veneno. Foram envenenadas, porém sem detecção. Não havia como mapear a substância e talvez encontrar o criminoso. Recordei-me então de um caso anterior, investigado pela Scotland Yard, devo ressaltar, que permaneceu sem solução, em que uma vítima foi encontrada morta por envenenamento. Nunca encontraram o criminoso, mas as características da morte eram similares a estas últimas. Nesta vítima, porém, o veneno encontrado foi a batracotoxina, normalmente detectada em sapos da espécie *Phyllobates terribilis* e *Phyllobates bicolor*, originários da Colômbia. A batracotoxina foi muito utilizada por indígenas para envenenar armas, como dardos e zarabatanas. Foi uma dessas que utilizaram para me assassinar temporariamente. Eu poderia ter refeito as autópsias das vítimas e comprovar minha teoria, mas o assassino certamente desapareceria. Eu apostei que minha autópsia seria feita pelo meu bom Dr. Watson, que certamente identificou o veneno lançado em meu sangue.

— Batracotoxina! — confirmou Watson em alto tom.

— Podemos afirmar então que o assassino utiliza esse veneno para matar suas vítimas, mas por que não constava no relatório das autópsias das sete vítimas?

Watson desceu do altar.

— O assassino teria acesso ao relatórios.

— Elementar, meu caro Watson! — assentiu Holmes. — Precisava que o assassino se sentisse seguro, pois havia me matado e então fui uma isca para trazê-lo aqui. Deixei-me ser morto e comprovar minha teoria. Uma aposta arriscada, pois desenvolvi um antídoto que acreditei que funcionaria. — pausou um pouco e passou a caminhar pelo corredor da catedral. — Então havia três suspeitos antes da minha morte. O primeiro e mais óbvio é o legista da polícia, August Framwell.

O legista, um homem magro e alto, próximo ao chefe de polícia, se assustou com a acusação e tentou dizer algumas palavras, mas somente um ruído saiu de sua boca.

— O segundo, naturalmente, meu grande amigo e chefe de polícia, Bernard Lower — Holmes olhou para ele com um sorriso sarcástico enquanto o acusado se conteve para não prendê-lo. — O terceiro é nosso amado jornalista, Conrad Minder, que escreve de forma grandiosa esses assassinatos e estava sempre envolvido nas autópsias.

Um grande murmúrio ressoou no salão da catedral, com a multidão debatendo sobre os acusados, mas Holmes chamou novamente a atenção para si:

— Bem, como então decidir? Vamos rever comigo. O veneno tem sua origem na Colômbia e, dos três suspeitos, dois atuaram em expedições na América do Sul. Meu bom chefe de polícia, está liberado — sorriu novamente de forma sarcástica. — Restam dois e então uma pista importante, no ato de minha morte, pode resolver tudo. — Holmes deu nova pausa. — Antes de ser atingido pelo tiro de uma zarabatana, o assassino invadiu meu apartamento escalando a janela e, com grande dificuldade de respiração, utilizou o dispositivo. Bem, nosso legista tem bom porte físico e tem o boxe como uma de suas paixões. Já nosso amigo jornalista teria certas dificuldades de escalar a parede até minha janela. Certamente a respiração seria a mesma que está tendo agora, sabendo que descobri seus planos.

Conrad Minder era um homem baixo e acima do peso. Um *bon-vivant* que passava a noite em bordéis e até o início dos crimes tinha sua carreira em decadência. Após os assassinatos, ganhara notoriedade.

Nitidamente surpreso e apavorado, o jornalista abriu caminho por entre a multidão, tentando escapar, mas Watson estava estrategicamente posicionado e com sua bengala o jogou ao chão, aos pés do chefe de polícia. Holmes caminhou até ele.

— Deveria ter realmente me matado, Sr. Minder.

— Ainda não acabou, Holmes!

— Acabou sim e seu fim não será muito confortável, devo dizer — Holmes disse, enquanto o homem era retirado pela polícia.

Buscou um cachimbo no bolso do paletó de Watson e o acendeu.

— Foi um funeral divertido, meu amigo Watson!

— Elementar, meu caro Holmes! — completou Watson, após o desfecho de mais um caso solucionado na boa e velha Londres.

O Caso dos Suicídios

por Melkides Diniz

O ano de 2009 ficou marcado para sempre em minha memória, seja pelos grandes acontecimentos de minha vida pessoal, seja pelas eventualidades da vida profissional. Essa dualidade constantemente esteve presente comigo desde que comecei minha carreira profissional. Entretanto, depois de uma certa idade, começamos a olhar para trás e questionar se tudo que fizemos até aqui valeu a pena, se há coisas que poderíamos ter feito diferente, se algumas decisões realmente deveriam ter sido tomadas... Acho que algumas nos envergonham, mesmo que tenham um motivo maior por trás delas. Tenho lembranças que não ouso relatar, foram fortes demais, intensas demais, tristes demais, com consequências irreversíveis. Então, só nos resta o recomeço.

Naquele ano, recebi a triste notícia de um caso muito intrigante, uma série de suicídios ocorridos em São Gabriel da Cachoeira, município do interior do Amazonas. Já se somavam sete vítimas, todas adolescentes, num intervalo de apenas dois meses, e as autoridades e a população temiam que pudessem acontecer muitos outros. Fui convidado a investigar esses fatos, pois esse não era o primeiro caso obscuro ocorrido lá. Na verdade, proliferavam-se casos "sobrenaturais" naquela pequena cidade. Foi a oportunidade perfeita para mim e aceitei o desafio.

Quando cheguei à cidade, assumi o posto de inspetor chefe do departamento da polícia civil, uma espécie de delegado. Meu parceiro de trabalho era o talentoso investigador Mauro, que veio a se tornar meu braço direito em todas as investigações que fiz. Mauro me passou todos os detalhes dos boatos que corriam na cidade. Ele mesmo já havia dado início a uma investigação, já havia se infiltrado nos mais diversos lugares da cidade em busca de "boatos", como a feira municipal e os clubes noturnos da cidade.

Tudo havia começado há quatro meses, depois da morte do filho do prefeito, que ocorreu em meio a sua turbulenta disputa do segundo turno. Ele morreu num acidente de moto após cair, ironicamente, num buraco de uma obra da prefeitura. O jovem Tibúrcio tinha apenas 16 anos e dizem que, quando foi socorrido, perceberam que ele havia perdido o dedão do pé, mas já estava morto e foi levado pela ambulância da prefeitura para o necrotério, após pararem na prefeitura. Seu funeral mexeu com a cidade toda e foi realizado no ginásio da diocese. Praticamente toda a população da pequena cidade compareceu ao velório, seguido da procissão e do enterro até no Cemitério Parque da Saudade. Coincidentemente, todas as vítimas eram amigas dele, ou o conheciam, e quanto ao dedão de seu pé... nunca foi encontrado, mesmo tendo sido procurado por amigos e familiares no mesmo dia do acidente. Este era mais um mistério.

Comecei minha investigação visitando o cemitério. O dia estava nublado, Mauro estava comigo e não entendeu bem minhas razões de estar ali, mas precisava conhecer aquele que parecia ser o elo de ligação entre todas as mortes. Quando chegamos ao túmulo de Tibúrcio, deparei com uma lápide pomposa, cheia de flores e nomes escritos por seus amigos. Havia uma fotografia grande do jovem. Fiquei encarando-o por uns segundos, ele parecia ter o sorrisinho irônico de Monalisa. Um vento frio soprou e Mauro sentiu um arrepio. Disse que era só a chuva que ameaçava cair.

Fomos atrás do coveiro. Ele nos falou que o último suicídio havia ocorrido há cerca de dez dias e foi nos mostrar o túmulo. Era um garoto de apenas 14 anos, um indígena. Fiquei pensativo junto com Mauro. O que levaria um jovem de apenas 14 anos a tirar a própria vida? Eu tinha que conhecer a família daquele garoto. E foi isso que fiz.

Mauro foi muito eficiente em descobrir o endereço da família do pequeno João e no mesmo dia já estávamos em frente à casa do finado. Uma mulher nos atendeu, beirava os quarenta anos. Parecia muito desconfiada quando lhe falei que éramos da polícia e queríamos mais informações sobre seu filho que morreu, entretanto, depois nos convidou para entrar e tomar um café, se chamava Joana. Ela disse que era uma boa mãe, que João era seu filho caçula, que não entendia o que havia acontecido, chorou diversas vezes durante nossa presença ali. Dona Joana nos confirmou que João conhecia o filho do prefeito e que eles costumavam jogar videogame na única *lan house* da cidade, porém, ela nos falou mais um dado curioso, ele estudava na Escola Estadual Irmã Inês Penha, assim como as outras vítimas.

Deixamos a casa de Dona Joana intrigados, talvez fosse claro para mim que seu depoimento se assemelhasse muito às falas dos outros pais que perderam seus filhos em suicídios, eles não os conheciam. Esse foi só o primeiro de uma série de quase trinta depoimentos que fizemos e o que eles tinham em comum era conhecerem Tibúrcio, estudarem na mesma escola e... uma estranha figura encapuzada vista em sonho.

Os dias se passaram, minha insônia havia voltado e eu me revirava altas horas da noite na cama e, para meu desespero, alguém bateu em minha porta. Levantei assustado, olhei pelo olho mágico, era minha vizinha fofoqueira. Abri a porta e vi muito movimento na rua para o horário, então ela me disse que eu *tinha* que ver algo. Outro suicídio... e na rua da minha casa.

Corri até o local e me deparei com uma criança de apenas 13 anos pendurada pelo pescoço. Já tinha visto muitas cenas horríveis, mas aquela, por ser uma criança, me tocou bastante e um comentário me deu uma pontada no coração.

— Por que o senhor não conseguiu evitar isso!? — disse uma senhora aos prantos.

Ela me hostilizou, não consegui isolar a área e logo tiraram o garoto da corda. Mauro chegou no momento que eu estava saindo e pedi para ele terminar o trabalho que não consegui fazer. Ele sabia lidar muito melhor com as pessoas do que eu.

Dessa vez, havia uma carta confusa, a menina fazia referência a uma figura negra que a havia incitado a tirar a vida, a mesma que li nas cartas dos outros suicidas. Mauro ficou muito assustado com essa informação. O boato que começou a correr pela cidade era que aquelas vítimas tinham um mesmo professor, um não indígena. Eu tinha que interrogá-lo.

Mais um enterro no Cemitério Parque da Saudade. Em menos de um mês, nunca o coveiro trabalhou tanto. O medo se espalhava pela cidade como se tivesse um *serial killer* à solta. Era um domingo e eu acompanhava o cortejo de longe, novamente passei pelo túmulo do filho do prefeito, sua foto com aquele sorrisinho... Alguém comentou atrás de mim que estavam dizendo que havia uma lista, levei um susto, era um desconhecido. Indaguei que me falasse quem estava dizendo isso, ele me disse que era o que o "povo" estava comentando. Fiquei chateado, disse que era um dos investigadores do caso, ele rebateu rapidamente dizendo que sabia quem eu era e por isso estava me "ajudando" e foi embora fazendo pouco caso de mim. Aquilo me irritou.

Fiz uma visita a Mauro, que ficou surpreso, porém, me recebeu muito bem. Para minha surpresa, ele havia feito um jantar caprichado para quem morava sozinho. Seu celular tocou, ele disse que precisava atender, foi para a cozinha e depois voltou. Mauro adorava cozinhar e disse que já havia trabalhado como cozinheiro num intercâmbio que fez na época da faculdade, acho que ele conseguia ver em meus olhos tudo que eu não falava. Sem que eu dizesse nada. Mauro colocou a mão em meu ombro e afirmou que estava ao meu lado naquela investigação, que eu poderia contar sempre com ele para qualquer coisa.

Fiquei desconcertado e fui direto ao assunto. Disse o que havia acontecido no cemitério, sobre a existência de uma suposta lista, ele completou a frase, para a minha surpresa. Fiquei chateado, parecia que todos sabiam das coisas primeiro que a gente e as verdadeiras origens das informações continuavam impalpáveis. Mauro ficou tenso quando mencionou a lista e confessou:

— Meu sobrinho conhecia o filho do prefeito. Se essa lista realmente existir, tenho medo de que ele também esteja nela.

Disse para Mauro que tudo não passava de especulação e que na segunda-feira iria interrogar o professor da escola onde estudavam os alunos que morreram. E foi isso que fiz. E constatei, também, mais uma coisa: Mauro estava esperando alguém para jantar e não era eu.

No dia seguinte, fui até a escola. As paredes estavam repletas de mensagens de valorização à vida e havia fotos dos adolescentes mortos com homenagens. Peguei o professor no intervalo do recreio, seu nome era Heleno, e ficou bastante surpreso por me encontrar ali, entretanto, se mostrou solícito a colaborar com as investigações, me convidou até para lanchar. Heleno disse que lamentava tudo que havia acontecido com seus alunos e que era só um dos professores, o de português e literatura, que tinha um relacionamento ótimo com os alunos, mas que também não havia notado nada de diferente naqueles que se mataram. No fim do intervalo, ele até me convidou para conhecer sua turma, pois ainda tinha mais um tempo de aula.

Entrei na sala tímido, acompanhado do professor e, ao avistar todos aqueles jovens, imaginei quem deles poderia ser a próxima vítima. Apresentei-me a todos e disse que estava lá por causa dos últimos acontecimentos, eu tentava olhar cada um daqueles rostinhos. Será que havia algo que eu pudesse fazer para salvá-los? Não me contive e dei um pequeno discurso de valorização à vida, deixando até meu telefone anotado no quadro para que alguém me ligasse se soubesse de algo que pudesse ajudar nas investigações. O professor notou uma certa mudança no meu humor. O que eu tinha para fazer ali fiz e saí, talvez um pouco arrependido de ter me exposto demais.

Saí para dar uma volta despretensiosa. Se ficasse em casa seria pior, sabia que não conseguiria dormir. Segui pela rua que passa atrás da Serra da Boa Esperança, sim, havia uma serra no meio da cidade. Já passava da meia-noite, as ruas estavam desertas. Sentia saudades, saudades do que não tinha, saudades do que não era mais, do que não tinha mais... Meus olhos se encheram de lágrimas, somente permitidas na solidão, entretanto, algo me chamou atenção na rua. Eu estava passando ao lado do cemitério e vi uma movimentação estranha ali. As lágrimas não caíram.

Parei o carro a uma certa distância no meio-fio e desliguei os faróis. Estava muito escuro, mas consegui ver várias silhuetas. Eu tinha certeza, não eram visagens, eram adolescentes no túmulo de Tibúrcio, cerca de sete, mas havia também uma silhueta diferente, parecia uma pessoa usando uma capa preta. Saí do carro e tentei me aproximar devagar, entrei no cemitério, mas parece que tinha um deles vigiando, que me viu e correu para avisá-los. Eu corri atrás dele, que sumiu entre os túmulos. Quando cheguei perto da lápide de Tibúrcio, todos já haviam fugido. Respirei ofegante, talvez estivesse um pouco fora de forma.

Vi uma folha de papel no chão, imaginei se poderia ser a suposta lista e guardei o papel no bolso. Eles haviam acendido diversas velas e a fraca luz iluminava sinistramente a imagem de Tibúrcio com aquele sorriso. Apaguei algumas velas, mas tinha a impressão de estar sendo observado. Jurava que havia visto mais uma pessoa ali. Voltei para o meu carro e só então li a "lista". Parecia ser a letra de uma música composta por Tibúrcio, ele parecia ter dons artísticos. Eu precisava saber mais sobre quem havia sido aquele jovem misterioso.

Marcamos uma visita à casa do prefeito. Na verdade, ele não era mais prefeito desde o ano passado, quando perdeu a reeleição no segundo turno, em meio à morte de seu filho. Todos achavam que ele iria ganhar a eleição de novo, pois a população estava comovida com sua perda, mas não foi o que aconteceu.

Ele se chamava Osmar e nos recebeu em sua bela casa, junto com a esposa. Sabia de todas as histórias envolvendo a morte de seu filho, costuma ir sempre à feira, mas não exatamente para comprar coisas, e sim para se manter por dentro das "notícias". Osmar, e muitos dos comerciantes mais poderosos da cidade, costumava fazer isso. Comerciantes, aliás, que ficaram muito bravos com a derrota do prefeito nas urnas, pois ele tinha prometido para eles que iria alugar vários de seus prédios para os órgãos da prefeitura, aluguéis rechonchudos, por sinal. Entretanto, isso não foi o que o prefeito me disse, foi o que eu ouvi, também, da boca do povo. Parecia ser inevitável esse conhecimento coletivo.

Osmar foi bastante aberto conosco e admitiu que se sentia culpado pela morte do filho, devido à obra inacabada e pouco sinalizada da prefeitura. Em sua sala, havia diversas fotografias de Tibúrcio. Disse que seu filho tinha uma banda de rock, que era um menino alegre com muitos amigos, que gostava de músicas, filmes e videogame. Ele nos levou até o quarto de Tibúrcio, que se encontrava ainda do jeito que ele havia deixado, como se estivesse só de viagem. Havia uma guitarra ao lado de uma fotografia imensa dele e até a cama estava meio desarrumada. Fui tentar abrir o guarda-roupa, mas Osmar pediu que não mexêssemos em nada. Foi triste. Perguntei a Osmar qual dedo seu filho havia perdido, ele disse que havia sido o direito, e quis saber porque era importante isso, eu disse que era só curiosidade.

Mauro e eu saímos de lá pensativos. Em casa, aquelas cenas se misturavam em minha mente, o jovem Tibúrcio, os rostos na escola, os rostos no cemitério, lembranças do passado... De repente, meu celular vibra, levo um susto, havia chegado um SMS no meu celular, uma mensagem com número desconhecido: "Ele estava lá, mas fugiu antes de vc chegar. Não deixe que ninguém mais morra. Ass: Um amigo."

Imaginei que só poderia ser um dos alunos de Heleno e tive a certeza de que a figura vestida de capuz preto era alguém bem vivo.

No dia seguinte, marquei um encontro informal com Heleno numa padaria. Ele parecia abalado, disse que estava sendo hostilizado em todos os lugares aonde ia, que muitos alunos estavam se recusando a assistir às suas aulas, que as pessoas viravam a cara para ele nos corredores e nas ruas. Nesse momento, vimos um casal desistir de comer e ir embora após reconhecê-lo ali. Eu o confrontei, contei-lhe o que tinha visto no cemitério, os jovens no túmulo... O professor disse que já tinha ouvido falar disso antes. Então lhe contei sobre a figura com capuz preto. Heleno ficou assustado e desconfortável, dizendo que ia ficar de olho em seus alunos. Referiu estar muito triste com toda aquela situação, perguntava-se como podiam culpá-lo de suicídios.

Mauro percebia que eu não estava muito bem. Falei para ele da mensagem misteriosa que havia recebido na noite em que vi os adolescentes no cemitério, mas a quem ela estava se referindo realmente? Mauro achava que poderia ser o próprio professor, porém, a questão principal era: por quê? E como?

Dias se passaram. Na madrugada de sábado para domingo, acordei assustado com uma batida forte em minha casa. O cachorro do vizinho latia bastante, olhei pelo olho mágico e fiquei assustado ao ver Mauro ali. Abri a porta, ele estava muito aflito, a ponto de chorar, me disse que seu sobrinho havia sido encontrado na corda, pendurado pelo pescoço numa árvore no quintal. Fiquei muito assustado com a notícia, lhe ofereci um café e pedi para ele se acalmar. Felizmente, ele disse em seguida, que seu sobrinho foi retirado logo e ficou somente com uma marca de corda no pescoço. Mauro tomou o café, talvez uma água com açúcar caísse melhor, fiquei com ele uns minutos, disse que ia voltar para o hospital, me permiti um abraço. Fiquei pensativo e ansioso por conversar com esse jovem.

O sobrinho de Mauro se chamava Tiago, tinha 18 anos, disse que estava na festa bebendo quando começou a ouvir uma voz em sua cabeça, mesmo com todo o barulho de música ao redor, era uma voz masculina que dizia para ele voltar para casa e ir ao quintal, pois lá tinha uma surpresa esperando-o. Relatou que não conseguia pensar direito no que estava fazendo, só que era imperativo obedecer aos comandos da voz, era como se estivesse hipnotizado. Tiago chegou em casa e foi direto ao quintal e qual não foi sua surpresa quando viu uma forca, ali no pé de jambo, esperando-o. Subiu num banquinho, colocou a corda no pescoço e saltou do banco, foi quando sua mãe o acudiu. Tiago terminou seu relato com lágrimas.

Perguntei a ele se alguém estranho havia lhe oferecido alguma bebida no copo, ele disse que não se lembrava direito, mas achava que sim. Pedi à mãe de Tiago que me listasse todas as pessoas que haviam ido a sua casa naquele dia, mas nenhuma parecia ser suspeita, exceto pela visita de Maria da Paz, a médium benzedeira do lar.

Perguntei onde elas ficaram conversando, ela disse que passaram por todos os cômodos da casa e ela foi abençoando, até mesmo a varanda, onde estava a rede com cordas e o quintal. Perguntei se havia mais alguém com ela em casa, ela disse que estava sozinha, pois seu marido tinha saído e no final reiterou que se não fosse a "benção" de Maria da Paz provavelmente seu filho teria morrido. Agradeci a disposição e seguimos até a casa de Maria da Paz, que morava na mesma rua.

Maria da Paz estranhou nossa presença ali. Ela tinha uma espécie de centro espiritual em sua casa, onde realizava consultas e fazia alguns "trabalhos". Ofereceu-nos um café e fui direto com ela, perguntei por que ela tinha ido até a casa da mãe de Tiago na noite em que ele tentou suicídio, ela disse que sentiu que tinha que ir na casa dele para abençoar o lar e que foi por isso que o sobrinho de Mauro não morreu. Mauro percebeu que tive um *insight* no momento, mas não disse nada.

Partimos em seguida. Dentro do carro, Mauro percebia que eu estava pensativo, notou que eu parecia apressado e mudado de foco.

— Se eu puder ajudar em seu raciocínio, estou aqui. Lembre-se de que também faço parte das investigações.

Voltei à realidade.

— Já pensou se quem colocou a corda no jambeiro foi a própria Maria da Paz, Mauro? — lancei.

Mauro engoliu em seco.

— Mas ela foi embora em seguida, não ficou sozinha nenhum momento na casa pra ir até o quintal — disse ele.

— Sim, mas notei que tem um portão ao lado da casa que leva até o quintal, e ele só tinha uma cordinha segurando. Ela poderia muito bem ter voltado por ali e entrado no quintal da casa, onde ela já havia visto que tinha uma corda na rede — teorizei. — Mas por quê? Que motivos ela teria para fazer isso? Ela é cumplice do professor Heleno, então? — questionei inquieto. Eu não tinha as respostas, mas era a ideia mais plausível.

Minhas noites eram longas e com sonhos angustiantes. Dois dias depois, uma nova tentativa de suicídio, dessa vez uma garota de 14 anos. Também havia sido encontrada com a corda no pescoço, mas foi salva. Ao ser questionada por nós, sobre o porquê de ter feito aquilo, nos contou a mesma história, teve um sonho em que aparecia uma figura encapuzada que lhe mandava tirar a própria vida, pois faltava pouco para completar o número total de dez suicídios, porém, o mais bizarro ela falou no final:

— Eu consegui ver o rosto da pessoa encapuzada.

— Quem era? — perguntei ansioso.

— O professor Heleno — concluiu.

Senti uma pontada no coração com aquela afirmação. Eu me recusava a crer naqueles fatos, pedi para a mocinha não contar aquilo a mais ninguém, ela jurou que não contaria, mas, no dia seguinte, era o assunto mais falado nas esquinas da cidade.

Mauro me perguntava se, com aqueles relatos, poderíamos indiciar o professor Heleno por homicídio. Era óbvio que não, mas o relato da garota, sendo real ou não, nos adicionou duas informações a mais: que o número total de mortes que deveria ocorrer eram dez e que era o professor Heleno a figura encapuzada, comum a todos os pesadelos, que incitava as vítimas a tirar a própria vida.

Mauro e eu estávamos nos preparando para sair quando chegou uma senhora na delegacia dizendo que queria falar conosco. Era Maria da Paz, vizinha de Tiago, dizia que tinha algo muito importante para nos contar, chamei-a para meu gabinete e nos contou algo no mínimo curioso. Que teve uma visão em sonho, em que via Heleno cavando um buraco em seu quintal e escondendo um objeto ali, que era a fonte de seu poder. Ela queria uma autorização para que pudéssemos ir a sua casa escavar seu quintal. Eu disse para ela que não poderíamos nos basear em sonhos para acusar as pessoas, Mauro me lançou um olhar de desaprovação. Refiz minhas palavras e disse que ainda era muito cedo para acusar alguém sem provas mais concretas. Tive que intimar o professor Heleno a comparecer na delegacia.

Ele estava muito abalado na sala de interrogatório, sentindo-se injustiçado. Perguntei como explicava os relatos de que ele havia aparecido em sonhos incitando adolescentes a se matarem e o que a médium havia relatado. Heleno ficou muito emotivo e chorou me perguntando como ele poderia ser culpado só pelo fato de aparecer em sonhos. Liberei-o, mas antes perguntei se poderíamos vasculhar seu quintal, ele disse que não tinha problemas.

Chamei dois dos meus homens para nos ajudar a escavar o quintal do professor Heleno. A médium foi conosco e o professor não gostou de sua presença. Ela nos mostrou o lugar, mas depois disse que estava se sentindo mal e não acompanhou mais as escavações, entretanto, antes de escavarmos já havia sinais de terra revirada. Heleno disse que havia cavado minhocas para pescar recentemente. Nada foi encontrado, a não ser minhocas.

Se fosse verdade o que havia sido dito pela médium Maria da Paz, o professor Heleno já havia desenterrado seu artefato mágico e guardado num local bem seguro, e se fosse verdade o que a menina nos contou, que ouviu no sonho, ainda iriam ocorrer dois suicídios para completar os dez, talvez da suposta lista. Como eu queria estar errado…

Recebi uma ligação de Mauro, havia acontecido mais uma morte, um menino de apenas 11 anos.

Corri para o local com Mauro e foi muito triste entrar no casebre e ver aquele corpinho sem camisa, pendurado pelo pescoço com a língua para fora e os olhos esbugalhados. Nunca esqueci daquela cena hedionda. Era a nona morte. Fomos hostilizados novamente, já estávamos acostumados. Uma carta foi encontrada, para minha tristeza com as mesmas características das outras, a figura encapuzada mandando se matar.

Essa havia sido a vítima mais nova de todas. O que levaria uma criança de apenas 11 anos a tirar a própria vida? Condições sociais? Pobreza? Depressão? Eu estava indignado e intimei novamente o professor Heleno, fiz um interrogatório de estresse, exigi que se ele soubesse de alguma coisa me falasse. Por pouco não o agredi, não fosse Mauro ter entrado na sala e me segurado. Mantive o professor Heleno em prisão preventiva e pedi para Mauro vasculhar tudo que sabia sobre o passado do professor.

Para minha surpresa, naquele mesmo dia recebi mais um SMS misterioso, dizia: "Tenho uma coisa para lhe contar, me encontre no lanche da praia às 19h.".

Decidi não comentar nada com Mauro e, no horário marcado, estava lá cheio de curiosidade. Um adolescente se aproximou de mim, disse que havia enviado a mensagem e... me pediu que lhe pagasse um sorvete. Eu comprei dois sorvetes, era um aluno do professor Heleno, chamava-se Jackson e tinha 16 anos. Ele me disse algo chocante, que o professor Heleno havia sugerido a sua turma a leitura de um livro, para um trabalho sobre ocultismo, o livro de São Cipriano, que claramente é conhecido como um livro de bruxarias. O professor havia feito muitos alunos lerem o livro, vários dos que tinham se suicidado, mas o garoto disse que não leu, pois já tinha ouvido falar do livro. Disse, também, que descobriu uma possível ligação do filho do prefeito com ele, pois levou todos que eram amigos dele para rituais no túmulo de Tibúrcio, e que todos haviam combinado em não falar nada pra ninguém. O menino estava muito assustado. Terminamos o sorvete e ele se foi.

Mauro descobriu que o professor Heleno já havia se metido com bruxaria no passado e, mais que isso, uma foto dele com o ex-prefeito Osmar. De fato, havia verdade nas falas do garoto. Voltamos à casa do ex-prefeito, Osmar ficou muito desconfortável quando lhe mostramos a foto dos dois juntos, disse que o professor Heleno trabalhava para ele na campanha, porém, depois que ele perdeu as eleições, conseguiu um emprego como professor na escola. Osmar não nos deu mais nenhuma informação, havia ficado nervoso, pediu que fôssemos embora e parássemos de insinuar coisas. Eu disse que não estávamos insinuando nada, mas notei um barulho estranho vindo do andar de cima, onde ficava o quarto de Tibúrcio. Saímos de lá quase expulsos.

Mauro descobriu que o ex-prefeito era maçom e que sua derrota nas urnas havia mexido muito com ele. Mostrou-me um vídeo em que aparecia o ex-prefeito falando para a população que não admitia a derrota. Corria o boato de que o prefeito havia feito de tudo, até feitiços para poder continuar no cargo, mas que não havia dado certo. Descobrimos, então, quem supostamente havia ajudado Osmar com o feitiço, Maria da Paz.

No mesmo dia, fomos bater na porta da médium. Ela não gostou de nos receber dessa vez, no início negou qualquer relação com o ex-prefeito, mas depois decidiu falar o que sabia. Indaguei sobre a ajuda espiritual dela ao prefeito, ela admitiu que ele a havia procurado e disse que estava disposto a fazer qualquer coisa para ganhar a reeleição. Ela disse que não era capaz de fazer nada, então, Osmar caçoou dela, dizendo que não tinha poder e que iria atrás de alguém que realmente tivesse, nos fazendo uma revelação surpreendente: que o ex-prefeito havia procurado o bruxo Heleno e que ele havia dito que só haveria uma maneira de ganhar a reeleição: com um sacrifício humano de uma pessoa amada. Osmar estava disposto a sacrificar o próprio filho para continuar no poder e Maria da Paz achava que foi o que ele fez. Mauro lembrou que Osmar não ganhou a reeleição, apesar do suposto sacrifício. Maria da Paz supunha que o prefeito havia sido enganado por Heleno, fazendo na verdade um sacrifício humano em prol dele mesmo para conseguir mais poderes e tendo ficado com o dedo de Tibúrcio como fonte de poder, era esse o artefato mágico que supostamente Heleno mantinha escondido em sua casa. Olhei de soslaio para Mauro, ele parecia muito assustado com aquelas revelações.

Tive uma ideia. Disse que precisávamos de sua ajuda para salvar vidas e desmascarar o professor Heleno, que ela tinha que tentar ter outra visão e descobrir onde ele havia escondido seu artefato mágico. Maria da Paz foi displicente, disse que as coisas não aconteciam porque ela queria, que suas visões eram avisos dos espíritos e vinham quando ela menos esperava. Pedi a ela que tentasse fazer o possível para conseguir respostas com os "espíritos". Ela falou que era sensitiva também e que, talvez, pudesse descobrir alguma coisa tocando em Heleno. Eu a convoquei para que fosse à delegacia na manhã seguinte, para confrontarmos juntos o suposto bruxo. O fato de o professor Heleno estar preso me dava segurança, falsa segurança.

Eu sabia que havia uma ligação maior entre o professor Heleno e a médium Maria da Paz. Mauro estava há muito mais tempo na cidade que eu, e confiei a ele essa missão.

No dia seguinte, quando chegou à delegacia, Mauro veio agitado e entrou em minha sala, logo falando:

— Descobri algo muito improvável, chefe! — ele paralisou quando viu que Maria da Paz também estava ali comigo e a cumprimentou sem jeito.

Disse para ele que depois conversaríamos sobre o que ele queria me falar e que no momento era para levar o professor Heleno para a sala de interrogatório, pois iríamos confrontá-lo juntos.

Mauro levou o professor Heleno algemado para o interrogatório. Maria da Paz parecia nervosa antes de entrar na sala. Entrou de cabeça baixa, evitando encarar o professor Heleno.

— Por que estão me tratando como se fosse um bandido? Por que trouxe essa mulher? Pra me acusar de novo com suas calúnias?

Mauro me lançou um olhar discreto. Maria da Paz se irritou e bateu boca com ele, Mauro acalmou os ânimos. Eu lhe expliquei o papel de Maria da Paz ali, que a gente queria que ele fosse muito sincero e falasse tudo que sabia, que ela ia apenas acompanhar o interrogatório e tocar nele. Heleno aceitou.

Eu estava muito mais calmo do que da última vez que conversamos e repeti as mesmas perguntas, mas ele me deu as mesmas respostas. Maria da Paz parecia estar muito incomodada com tudo, finalmente ela pediu para tocar nele e fazer um "diagnóstico" espiritual. Ele a encarou profundamente enquanto ela segurava em suas mãos, fechou os olhos e parecia sofrer. Heleno tinha a face inalterada, depois de soltar suas mãos ela estava muito angustiada, disse que estava se sentindo mal e precisava ir ao banheiro. Mauro a levou ao banheiro, eu dei por encerrado o interrogatório e Heleno voltou para sua cela.

Quando Mauro voltou com Maria da Paz, já recomposta, perguntei a ela o que havia acontecido, ela disse que foi só uma queda de pressão, que já estava bem. Olhei para Mauro, não parecia ter sido só isso. Perguntei se ela tinha tido alguma visão, ela disse que não, mas que sentiu que a fonte do poder de Heleno ainda estava em sua casa, escondida em algum lugar. Mauro mordeu a boca.

— Vocês precisam tomar cuidado, eu sinto em vocês uma sombra maligna se aproximando, algo de ruim está prestes a acontecer.

Mauro engoliu em seco. Perguntei mais detalhes, mas ela não soube dizer nada específico. Então, perguntei se ela já conhecia o professor Heleno, ela disse que era uma cidade pequena e que todos se conheciam, sua testa ficou suada e a respiração mais forte.

— Tudo bem — falei para ela e agradeci a sua disposição em nos ajudar e a dispensei.

Porém, Mauro pediu para ela esperar.

Eu estranhei aquilo. Mauro me disse que tinha que me falar algo e que era bom que Maria da Paz estivesse presente. Ele falou que descobriu algo sobre o professor Heleno e perguntou à Maria da Paz se ela o conhecia há muito tempo e se era próxima, ela ficou chateada e disse que só o conhecia de vista, mas Mauro disse que não, que ela já o conhecia há muito tempo. Maria da Paz ficou vermelha. Então ele mostrou uma foto dela com outras pessoas e na foto ela estava abraçada ao professor Heleno.

Maria da Paz ficou calada e ofegante, eu estava atônito. Indaguei como ela explicava aquilo e por que tinha escondido isso, ela se voltou para nós agressiva e admitiu que sim, já tinha tido um caso com o professor Heleno, mas que ela queria esquecer dele e falou que todos já erraram na vida amorosa um dia. Eu disse que não tinha nada a ver com isso, mas que ela deveria ter pelo menos nos contado o que sabia sobre ele. Ela estava doida para ir embora e não a impedi.

Mauro ficou pensando no que ela havia nos dito, que havia uma sombra maligna pairando sobre nós. Eu lhe disse que não acreditava naquelas superstições, mas que deveríamos ficar atentos para continuarmos as investigações. Não havia acontecido mais nenhum suicídio na cidade desde que o professor Heleno foi preso, mas eu tinha a sensação de que tudo estava quieto demais.

No dia seguinte, Mauro entra assustado em minha sala e lança na minha cara:

— Maria da Paz foi encontrada morta na casa dela. Enforcada.

Eu engoli em seco. Corremos para lá. Quando chegamos ao local, estava cheio de gente, uma viatura da polícia militar já estava no local, nossos colegas já haviam isolado a área, felizmente. Muitos me reconheceram quando entramos na casa. Maria da Paz aparentemente morava sozinha e só tinha uma filha, que morava em outra cidade. Ao adentrar em seu quarto, vi o corpo pendurado por uma corda numa das vigas de madeira do quarto, senti uma pontada no peito. Mauro entrou em seguida e pedi para ele fotografar o local. Procurei sinais no quarto dela de uma possível assassinato, mas as evidências empíricas que pude colher analisando a cena realmente indicavam um suicídio.

Fiquei indignado com mais essa morte. Mauro deve ter ouvido meu grito e o soco na parede da minha sala. Mais tarde, nós dois nos reunimos, eu não conseguia disfarçar nada dessa vez.

— O senhor não teve culpa, chefe, ela também foi uma vítima.

Fiquei horrorizado ao constatar isso, que talvez Heleno, pelo seu "poder", conseguiu controlá-la e a induziu a se matar também. Mauro completou meu raciocínio supondo que ela pudesse ter sido controlada por ele para colocar a corda no quintal para Tiago se enforcar. Eu me enchi de ira e fui até a cela de Heleno. Mauro ficou com medo e foi logo atrás de mim.

Confrontei-o novamente, disse que Maria da Paz estava morta, perguntei se ele estava feliz agora, disse que não sabia como ele fazia isso, mas eu ia desmascará-lo. Ele agiu como vítima, falou que não tinha feito nada e que lamentava a morte dela. No mesmo dia, marquei com Mauro e outros policiais para vasculharmos a casa do professor Heleno, nós o levamos junto também.

Ele dizia que nós não tínhamos um mandado para podermos invadir a casa dele daquele jeito, eu o ignorei e fomos revirando cada espaço, começando pelo quarto. Disse aos outros policiais que procurassem por algo pequeno, do tamanho de um dedão do pé. Procurei fundos falsos, lugares secretos, sua casa era simples e com poucos cômodos. De fato, não encontramos nada, dei um suspiro e sentei cansado numa cadeira da sala que parecia antiga. Fez um barulho estranho, como se fosse oca. Coloquei a mão e vi que ela estava "gordinha", eu me levantei e tirei a pequena almofada que estava em cima, havia uma dobradiça. Levantei o assento e achei um compartimento secreto, eu estava suando. Dentro havia algumas revistas e um livro, o tal livro, acompanhado de uma caixinha de madeira.

— O livro de São Cipriano! — exclamou Mauro se afastando.

Retirei o livro e a caixinha e qual não foi minha surpresa quando abri aquele objeto. Havia um dedo humano mumificado.

Todos ali ficaram chocados, murmurando coisas, minhas mãos estavam trêmulas segurando aquilo, era um dedão do pé e estava incrustrado num pedaço de metal com uma correntinha, como se fosse um pé de coelho da sorte. Não estava com medo, mas constatando finalmente que tudo que falavam, de fato, parecia ser verdade e aquele dedo só poderia ser do jovem Tibúrcio. Heleno fingia estar tão assustado quanto nós e falou que não sabia o que era aquilo e como tinha ido parar ali. Levamos a prova para a delegacia, onde tiramos diversas fotos, que enviei para um amigo do IML de Manaus, e guardei num lugar seguro, em nosso cofre de provas, que ficava na minha sala. Naquele dia, eu estava muito reflexivo, não tinha a sensação de caso encerrado.

Sabia que devia devolver o dedo ao pai de Tibúrcio, mas nem foi preciso avisá-lo, pois no dia seguinte ele estava lá na delegacia, as notícias corriam rápido em São Gabriel. Contei para o ex-prefeito tudo o que havia acontecido, ele disse ter ficado muito abalado, mas feliz por termos finalmente prendido o culpado e achado uma parte de seu filho que estava perdida. Eu lhe dei o dedo mumificado do jeito que estava, numa caixinha de madeira. O pai de Tibúrcio segurou aquilo como algo precioso e ao ver o dedão começou a chorar, disse que faria um novo funeral e enterraria o dedo com o corpo.

Minha insônia havia voltado, eu quase não saía de casa, mas dei umas voltas no fim da tarde na orla da praia fluvial, às margens do grande Rio Negro. Havia as cachoeiras que dão o sobrenome à cidade (que na verdade são só águas turbulentas). Sentei ali, numa das pedras, e fiquei olhando para as espumas do Rio Negro, lembrei que diziam que várias pessoas já haviam se lançado dali para um mergulho fatal. Não parecia ser uma morte rápida e indolor.

O ex-prefeito realizou um novo funeral para seu filho, Tibúrcio. Eu estive presente e vi vários dos jovens da sala do professor Heleno ali também. O caixão estava apenas engavetado, num túmulo com tijolos, foi aberto e a caixinha colocada dentro do caixão. Muitos tentaram ver o corpo, mas Osmar, junto com sua esposa, não deixou, foi uma bela cerimônia em que o padre fez um tocante discurso de valorização à vida.

Naquele momento, recebi uma ligação. Era o médico do IML, que havia analisado as fotos do dedo que lhe enviei, e disse que aquele dedo era o dedão esquerdo e que via nele indícios de que fosse antigo e que gostaria de analisá-lo pessoalmente. Meus olhos se abriram.

Gritei para que parassem de fechar o túmulo, todos se espantaram com minha reação. Osmar perguntou o que estava acontecendo, perguntei qual dedo seu filho havia perdido, ele respondeu que fora o direito, eu disse que precisava ver o corpo, pois o IML afirmava que o dedo mumificado era o esquerdo. Osmar não deixou e disse para que continuassem a colocar cimento, ordenei que parassem. Mauro me ajudou, um burburinho enorme se alastrou em todos ali, eu mesmo comecei a retirar os tijolos com as mãos. Mauro me ajudou, mesmo sem entender muito bem o que estava acontecendo.

Puxei o caixão e Osmar tentou me impedir mais uma vez, dizendo que não queria que o cadáver de seu filho fosse exposto daquele jeito. Pedi a ajuda do coveiro e retiramos o caixão do túmulo. Não era muito pesado, desenroscamos todos os parafusos e abri o caixão. Mas minha surpresa foi ainda maior, não havia corpo nenhum ali.

Todos ficaram pasmos. No caixão, havia apenas sacos de areia. Uma explosão de sinapses invadiu minha mente. O ex-prefeito se dizia estar chocado e que tinham roubado o corpo de seu filho. No mesmo instante, chamei Mauro e saímos apressados para pegar meu carro. Mauro perguntou para onde estávamos indo.

— Para o quarto de Tibúrcio — respondi.

Chegamos e invadimos a casa. Havia alguém lá, subimos até o quarto de Tibúrcio, alguém havia pulado a janela e pegou o outro carro da garagem de Osmar. Eu vi o rosto, era o próprio Tibúrcio, VIVO!

Corremos e ele saiu cantando pneu. Na saída, bateu em meu carro. Começamos uma perseguição no Centro de São Gabriel. Não tinha para onde ele fugir. Passamos perto do cemitério e todos viram a perseguição. Ele seguiu para a praia e sumiu numa esquina, quando virei vi seu carro parado na direção da ladeira que dava para o rio, parecia nos esperar. Achei que ele se renderia, mas quando nos aproximamos ele acelerou, tentei acompanhá-lo, mas ele acelerou mais, em direção ao rio, eu entendi tudo e vi seu carro cair nas águas turbulentas do Rio Negro, que eu havia visitado dias atrás. Mauro e eu corremos até a margem do rio, mas só vimos o carro terminar de afundar nas espumas das ondas. Foi o triste fim de Tibúrcio.

Eu indiciei Osmar por ter simulado a morte de seu filho e ser cúmplice dele. Mauro estava confuso tentando entender tudo que havia acontecido e como Tibúrcio estava vivo esse tempo todo. Eu lhe expliquei que descobri que Tibúrcio era gordinho e sofria *bullying* na escola há muito tempo, e Osmar realmente estava disposto a tudo para ganhar a reeleição, sendo assim arquitetou o plano da morte do filho. Quando não conseguiu o feitiço com Heleno, ele sabia que estava em desvantagem no segundo turno, e imaginou que se sofresse uma grande perda, todos se compadeceriam e votariam nele, e se fosse na obra da prefeitura seria melhor ainda.

Descobri que o suposto acidente de Tibúrcio não teve nenhuma testemunha e que sua moto não ficou avariada o suficiente para o impacto, e que ele teve cúmplices que socorreram Tibúrcio na ambulância da prefeitura, onde foi provavelmente o momento em que fizeram a troca do corpo por areia. Quanto ao professor Heleno, ele era inocente em parte. O aluno Jackson na verdade era o melhor amigo de Tibúrcio e mentiu falando que o professor havia obrigado todos a lerem o livro de São Cipriano, tudo não passou de uma grande vingança contra Heleno e os colegas de sua classe que haviam praticado *bullying* contra ele, mesmo os mais jovens não foram poupados.

Mauro quis saber como ele conseguiu fazer todos se suicidarem. Supus que Tibúrcio aparecia para os jovens com o capuz preto e usava alguma droga alucinógena, que era isso que ele ofereceu, disfarçado na festa, para Tiago beber. Porém, ainda mais, talvez o próprio Heleno estivesse sendo chantageado. Aquilo poderia ser explicado logicamente pela psicologia e psiquiatria, o professor Heleno era uma pessoa muito manipuladora e provavelmente conhecia técnicas avançadas de hipnose.

Na verdade, percebi que todos naquela cidade tinham uma certa tendência a acreditar em coisas sobrenaturais, desde os vários pajés, que benziam a todos, aos que tinham medo de Curupira e seres da floresta. A forca no quintal de Tiago provavelmente foi posta pela própria Maria da Paz hipnotizada. E ela deve ter sido hipnotizada quando foi ficar de cara com Heleno. O dedo mumificado encontrado na casa de Heleno provavelmente foi plantado por Tibúrcio, junto com o livro de São Cipriano. Osmar admitiu depois que havia conseguido o dedo mumificado com estudantes de medicina, em Manaus, e que foi colocado junto ao livro.

Heleno admitiu que fazia feitiçaria e que foi procurado por Osmar, mas negou ter falado qualquer coisa sobre sacrifício humano e se dizia inocente. Ele foi liberado por falta de provas, apesar dos depoimentos que colhemos afirmando que o professor havia supostamente feito um pacto com o demônio, segundo o qual teria que conseguir dez almas. De fato, ocorreram dez mortes, mas a morte de Maria da Paz parecia não entrar nessa conta.

Mergulhadores conseguiram retirar o corpo de dentro do carro. Osmar e sua esposa estavam arrasados e ele foi liberado para o enterro, o terceiro enterro de seu filho. O túmulo já estava pronto.

A lista de suicidas nunca foi achada, se ela realmente existiu a décima morte conseguimos evitar. Depois que Heleno foi embora da cidade, os suicídios cessaram. No fim, me pareceu que existem várias pessoas, desde comerciantes, autoridades religiosas e cidadãos influentes que vivem uma segunda vida, num submundo da cidade. São Gabriel da Cachoeira é um lugar onde aceitei o sobrenatural, mas sem acreditar nele.

Semanas depois, soube, por meus contatos, que um suicídio ocorreu na rua onde o professor Heleno estava morando em Manaus, um adolescente.

Nas férias, Mauro se preparava para viajar para a capital e havia perguntado se eu não iria. Disse que não, não restava mais nada para mim em Manaus, meu tempo lá já havia passado e era melhor que eu estivesse longe para que ele pudesse crescer e ser forte. Meu coração ainda se encontrava melancólico, uma nuvem de poeira ainda parecia pairar sobre esse caso, dei um suspiro. Decidi continuar dali.

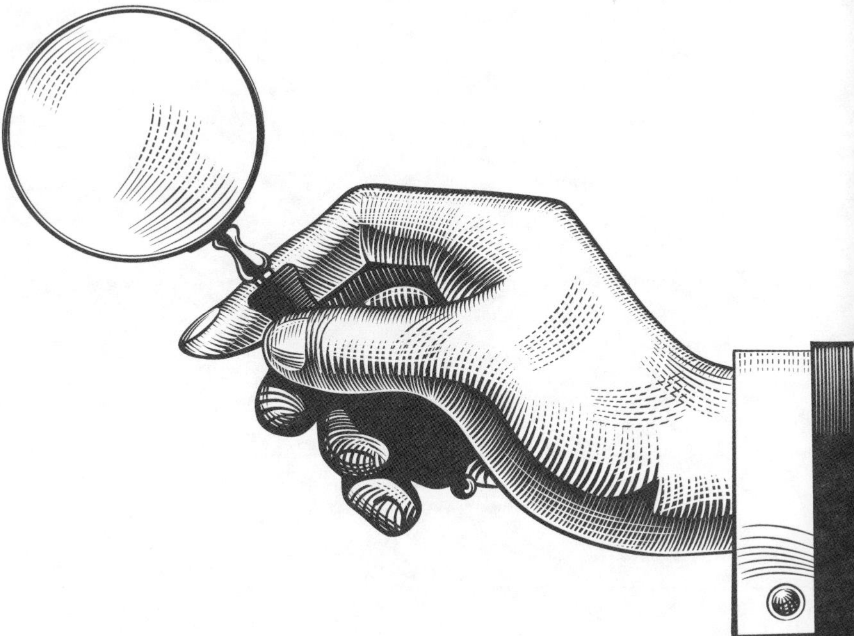

Cada um de nós tem uma história para contar.
Todas merecem virar um livro.

Este livro foi composto por Letra em Adobe Garamond Pro
11,5/15,0 e impresso em papel Pólen Soft 80g/m².